心里满了，就从口中溢出

我们，两个女人

Let's Take the Long Way Home:

A Memoir of Friendship

[美] 盖尔·考德威尔（Gail Caldwell）——著

许思悦——译

北京联合出版公司
Beijing United Publishing Co.,Ltd.

献给 卡罗琳

生命细涓中的金色片段从我们身旁匆匆流走，而我们眼里只有沙子；天使前来探访我们，而我们只有在他们离去时才认出他们。

——乔治·艾略特（George Eliot）

《教区生活场景》（*Scenes of Clerical Life*）

这是个很老很老的故事：我有过一个朋友，我们分享一切，后来她死了，我们也分享了她的死亡。

她走后一年，我以为我已经熬过了最初的痛苦造成的疯狂。我走在剑桥水库的小路上，卡罗琳和我在这儿遛了好几年狗。那是一个冬日的午后，那地方一片空茫——路上有个弯道，我身前身后皆寂寥无人。一阵凄凉猛地袭上心头，我的膝盖甚至一度动弹不了。“我现在应该干吗？”我大声问她，我已经习惯了跟已逝的最好朋友对话，“我应该继续向前吗？”有她相伴，我的生活曾充满意义：好几年了，我们每天都玩那种简简单单却蕴含着亲密联结的抛接游戏。一个球，两副手套，一抛一回的同等快乐。如今我站在没有她的场地上：一副手套，游戏终止。悲伤会告诉你，独自一人时你是谁。

目 录

一

我仍能看见她站在岸边，颈上围着毛巾，手里拿着锻炼后的那支烟——甜妞[1]和运动健将融为一体，她

1　甜妞（Gidget），弗雷德里克·科纳尔（Frederick Kohner）的小说《甜妞》（*Gidget*）的主人公。这部小说曾多次被改编为影视剧，Gidget 多用来指代娇小可爱的女孩子。——编注

那划桨手的手臂与不知在何处找到的粉色泳衣，形成了一种颇具反抗意味的对比。那是 1997 年的夏天，卡罗琳和我决定交换运动：我给她上游泳课，她教我怎么划赛艇。这种安排解释了我为什么蜷在我最好朋友的赛艇里，看上去不像是划手，倒像是只喝醉了的蜘蛛，那艇最宽的地方也不过十二英寸，窄得像一根针。我们在新罕布什尔州的乔克鲁阿湖，那是怀特山旁一处未受污染的一英里长的水域。除了我们俩，只有我们的朋友汤姆目睹了我的此番壮举，他是跟我们一起来度假的。

“太棒了！”每次我徒劳无功地微微动一下，卡罗琳都会冲我喊。我紧紧捏住桨柄，攥得指节发白。卡罗琳三十七岁，已经有超过十年的划艇史；我差不多大她九岁，这辈子都在游泳。我发现自己具备抓住划桨要点的体力。可我多么想模仿卡罗琳，她的划桨动作精准得活像节拍器，我从未意识到光是坐在赛艇里，就如同要在漂浮的树叶上保持平衡那样不易。我怎么会让她说服我做这件事？

通常新手会在比卡罗琳的凡杜森号宽两倍也重两倍的艇里学习。后来卡罗琳坦白说她等不及想看我翻船。但是当她站在水边，大声地冲我指挥，却带着一种不容辩驳的热情，充满了鼓励之意。我的成功稍纵即逝，她不如干脆用秒表计时。桨是我仅有的支撑，我开始向水面倾斜，最后左摇右晃地维持在一个六十度角的位置，这并非因为我有任何平衡感，而是因为我已经僵了。汤姆在码头捧腹大笑，我斜得越厉害，他笑得越大声。

“我要翻下去了！”我哭喊道。

“不，你不会的。”卡罗琳说，犹如输了比赛的教练般毫无笑意，“不，你不会的。把手放在一起，别动——不要看水，看着你的手。现在看着我。”她的话带来足够的慰藉和指引，我总算摆正了艇身。在跳出赛艇扑向湖水之前，我好歹在平静的水面上划了五六下。几秒钟后，等我从水里出来，卡罗琳站在十码开外放声大笑，欣喜若狂地瞥了我一眼。

我们仨是 8 月去的乔克鲁阿。此前，汤姆登了一则夏季求租的广告：“三位作家带着狗，寻找靠近水和徒步小径的房子。”他的搜寻结果是一栋摇摇欲坠的 19 世纪的农舍，往后几年，我们还会回来住。那地方被延绵起伏的草地环绕，拥有一切我们渴望的东西：宽敞空旷的房间里铺着带衬芯的老式床罩，还有手纺车；

为野营者准备的厨房，外加一个巨大的石壁炉；透过高高的窗子可以眺望怀特山。几百码外就是湖。早上，有时是夜晚，卡罗琳和我会走到湖边，留下狗狗们透过前窗远望。她从湖的一头划向另一头，而我绕湖游泳。我是水獭，她是蜻蜓。我偶尔停下来，欣赏她的翱翔，来来回回足有六英里。有时她把赛艇靠向湿地，仔细观察我在水中的翻转。那时我们已经做了两年朋友，我俩有种属于姐妹或青春少女间的好胜心——我们都希望拥有对方的过人技艺。

那里的黄金色调和它施予我们的单纯时光——河边漫步、野花、大黄派——都高于卡罗琳的期待：她觉得大多数度假都是不情不愿地到镇子外去。我只是稍具冒险精神，希望自己能像空降般开启夏日旅行，而不必担心狗或是买上四十磅的农产品。卡罗琳和我都是独居的作家，我们都在一件事上难以妥协，那就是打乱常规：在剑桥的日常散步，我们共享或对比的锻炼方案，饮食、电话以及被称为“我们的小日子”的独立工作时间。“对巴黎的评价言过其实。”卡罗琳喜欢这样断言，有一部分原因是逗我发笑。一天夜里，她遇见我的一个朋友，他熟悉她的书，问她是不是大部分时间都在纽约度过。“开什么玩笑？”她说，“我甚至都没去过萨默维尔[1]。”我们依赖这种神圣不可侵犯的熟稔，离开镇子只是为了把旅行从清单上勾去，然后回到日常的喜怒哀愁中来。

我有一张照片，记录下了在乔克鲁阿的某个夏天。

1　萨默维尔（Somerville），美国马萨诸塞州东部城市。——编注照片里的主角是我们俩的狗克莱门蒂娜和露西尔，她们在窗旁的椅子上望着户外，光线映衬出她们的轮廓。这是一幅经典的狗照片，捕捉到了那种警惕又不失忠诚的感觉：两条紧挨着的尾巴、两个尽忠职守的动物。过了好些年我才发现，在照片的中景里，透过窗子望向外面的田野，能辨认出两个微乎其微的人影——那是正从小山上下来的卡罗琳和我。我们一定是要去湖边，而那两条狗熟悉我们每日的路线，早已按时上岗。卡罗琳的摄影师男友莫雷利觉察到了这幅画面的美好，抓起了相机。

她死后一年，我看到了这张照片，它就像是画作里暗藏的线索——一座消失之后才会被发现的神秘花园。乔克鲁阿散发着恬静的光辉：我记得有天夜里，卡罗琳跟汤姆掰手腕差点就赢了他；那只把我赶上餐桌，惹得她在一旁大笑的耗子；我们设立的“最牛野营者”奖项（她总是赢）。我不愿再想起那些蚊子，那天卡罗琳生气了，因为我把她留在一条移动缓慢的独木舟上，她独自划向雾中。如同大多数记忆都会被最后的章节涂上色彩，我的记忆真切地携带着伤痛的重量。关于悲伤，人们从未告诉过你，思念一个人是其中最简单的部分。

第一个夏天过后的五年里，我们一起划艇，并驾齐驱。我们都住得离查尔斯河不远。那是一片如迷宫般错综复杂的水域，蜿蜒九英里穿绕大波士顿，从牛顿北边经过剑桥直到波士顿港，河道曲折迂回，水面平静无澜，是划桨手的圣地。卡罗琳身材矮小，却能压得住超过她体重的分量，我管她叫“野蛮妞”或

“小野兽”。我们从相隔几英里远的艇库把赛艇划出，我能在一百码外辨认出卡罗琳的划艇动作。我会在埃利奥特桥或哈佛边上的威克斯行人桥附近等她，准备连珠炮似的向她发问，关于体形、速度，还有把大拇指搁在哪儿。要是比我早出门几小时，她一回家就会火速发出没有标点的电子邮件：“水面平静快点出来。”从 4 月到 11 月，我们时而一起时而单独地划过了上百英里。在最初那两个夏季，她忍受着我关于划艇技术的电话轰炸。“我想谈谈推力。”我用几乎疯狂的紧张语气说。要不就是：“你知道人的脑袋有**十三磅**重吗？”“嗯……哼……”她回答道。很快我就听见背景里传来一阵轻柔的**咔嗒声**——她又开始玩电脑纸牌游戏了，这相当于她在电话里打了个哈欠。一天临近结束时，我们一起遛狗，比较手掌和手指上的老茧

（出色的划手历经战斗后的伤疤），就像两个小姑娘在比较晒后的肤色或是那种带着小吊坠的手链。过去和未来，她都是更好的划手，所以我接受她的自鸣得意，发誓在游泳池里还以颜色。某年圣诞节，我送给她一张 20 世纪 40 年代的照片：两个女划手在英国牛津划着双人赛艇。她把照片挂在床边的墙上，在一条镶框横幅的上方，横幅上写着："热忱是有用的火种。"

这两样东西如今都挂在我的卧室里，挨着那幅狗照片。卡罗琳死于 2002 年 6 月初，那时她四十二岁，七周前确诊为四期肺癌。入院后的最初几周，她试图写下遗嘱。她说她想让我接手她的赛艇，就是那艘我用来学划艇的老凡杜森号，这么些年来，她就像对待心爱的马一样悉心照料它。她说这些时，我正坐在她的病床上，那是关于死亡的最初一次谈话——你知道即将发生什么，竭尽全力想杀出一条路。我告诉她我会接手那艘赛艇，但我要遵循划手的传统，把她的名字刷在船头，也就是**卡罗琳·纳普号**。“没门。”她说，眼中闪过与那天教我划艇时一样的光芒，“你得叫它**野蛮妞**。”

〉〉〉

悲伤宛如光谱，甚至能改变树木的色彩，在接触它之前，有一种盲目胆大的错误假设，也许会让我们跌跌撞撞地度过时日。人们总是认为，演出永远不会结束，或者说当那种丧失真的降临，它会指向路的尽头，而不是中途。卡罗琳死时，我五十一岁。到了生命的这个阶段，参加过的葬礼已经足以让你熟谙《传道书》（“Ecclesiastes”）中的诗节。但得知卡罗琳生病的那天——医生用了些令人窒息的字眼，像是“我们会减轻她的痛苦”——我记得自己走在路上，4 月里明亮的街道闪耀着生命的光彩，我因震惊而变得不谙世事，大声地自言自语：“你真的以为你能躲过去，不是吗？”

我是说也许我能逃脱那种残酷的、令人难以忍受的丧失，它并不像吸毒、自杀、年老那样带着某种刻意或自然的退场标志。那些事我全都遇见过，总是有类似的悲剧媒介（要是他服用了锂就好了[1]，要是他没有走私可卡因就好了），或某种无奈的接受（她活得挺长了）。但是没有一个我爱的人——我数遍了生命中必不可少的支柱——突然逝去，那么年轻，心中满是不愿

1 锂对中枢神经活动有调节作用，是有效的情绪稳定剂。——编注

离去的决心。没有人拿到过可怕的化验报告，掉头发，被告知安排好自己的后事。更重要的，不是卡罗琳，不是我最好的朋友、我的小妹妹。多年来她一直跟我开玩笑说再过几十年，等我老弱得没法烧饭，她会给我送汤喝。

从一开始，我们之间就有种无法言喻甚至玄妙的东西存在。不认识我们的人会误以为我们是姐妹或爱人，有时朋友们也会叫混我们的名字。卡罗琳死后一年，在我们曾经一起散步的鲜水湖水库，一个共同的朋友冲着我脱口而出“卡罗琳！”，接着她为了自己的口误泪流满面。友谊宣布了它的深厚，因为那些显而易见的情感，也因为我们或隐或显的相似之处。我们的生活在两条相呼应的轨迹上交错，这是最初的联系。

找到卡罗琳就像刊登了一则个人广告——寻找只存在于幻想中的朋友，然后她出现在你家门口，却比你期望的更有趣、更精彩。分开时，我们各自都是惶恐的酒鬼、心怀抱负的作家、爱狗人士；一起时，我们便成了一个小小的集体。

我们有许多梦想，有的很可笑，都是那些打算享受奢侈时光的人共享的私密代码。其中一个是我们打算在马萨诸塞州西部开编织中心，里面养着边境牧羊犬和威尔士柯基犬，因为我们那时都太老了，养不动体形巨大或不守规矩的家伙。我们坚信，边牧会训练柯基，而后者会变成我们希望的那种口袋狗。编织的念头源于我们没完没了的谈话中的一次，有关我们是否正确地活着——此类周而复始的对话涉及的主题从严肃的（写作、独处、孤单）到平凡的（虚度的光阴、都市生活的愚蠢、垃圾电视节目），不一而足。有一天，卡罗琳问我是否觉得她在重播剧《法律与秩序》（*Law and Order*）上花了太多时间。“哦，别担心。”我对她说，“想想吧，如果我们活在两百年前，就会玩玩纸牌或搞搞编织，而不是看电视，我们也会为那些担心。”长长的停顿。“什么是编织？”她怯生生地问，就好像那种古老的织花边手艺有什么了不得的。“编织”由此进入了私人词典，成了我们（也许还有别人）蹉跎岁月的暗语。

这一切犹如旧物堆里埋藏着的标记，在她死后，突然间被一阵痛苦的疾风卷挟着向我涌来：我尝试向认识我们的人解释编织中心是怎么回事，随即意识到那听上去多么可笑，这让我崩溃。当然，没人能真正理解编织中心，如同所有亲密关系的代码一样，它拒绝被翻译。而它之所以那么有趣，主要是因为它只属于我们俩。

我们喜欢划艇的一个原因是它近乎不可思议的美——划过水面的最高峰，在闪烁的波光中归于宁静。她死后的几天，我梦见我们俩一起站在一座黑漆漆的艇库里，唯一的光源是一排耀眼的蓝桨，宛若大片星辰悬在头顶上方。在梦里，我知道她死了。我向她伸出手说:“可你回来了，是吗？”她微笑着摇摇头，脸庞化作一汪忧伤。

二

一切真的都是从狗开始的。

20 世纪 90 年代初，我跟卡罗琳短暂会过面。当时她是《波士顿凤凰报》[1]的专栏作家，我是《波士顿环

1 《波士顿凤凰报》（*The Boston Phoenix*），后文简称《凤凰报》。—— 编注

球报》[1]的书评编辑。在一次我快要忍受不了的文学派对上，有人介绍我们俩认识，当时卡罗琳的一本专栏合集刚刚出版。“卡罗琳出了本新书！”女主人明快地说，似乎很肯定我们会对彼此有所助益。她走开后，我们互相浅浅一笑，翻了翻白眼。突然我就有点喜欢卡罗琳了——这儿没有什么自我推销。她矜持内敛，仿佛穿着丝质铠甲：修着法式指甲的手握着一杯白葡萄酒，嗓音腼腆而又洪亮。我们礼貌地寒暄几句便分开了，然后各自进行必要的周旋。

再见到卡罗琳已是几年后，她站在剑桥鲜水湖水库的鸭塘边上，我们的打扮都低调了许多。我们两个各有一条小狗，一位我们都认识的驯狗师刚跟我提过

1 《波士顿环球报》（*The Boston Globe*），后文简称《环球报》。——编注

卡罗琳。“你认识卡罗琳·纳普吗？”凯西说，“她也有一条小狗。你们会让我想起对方，你们应该找个机会碰头。”

我含糊地附和了几声，心里却并不认同。记忆里的卡罗琳似乎过于精致，与那时我的状态相去甚远。我有一条一岁大、六十磅重的萨摩耶犬，我四处闲逛，头发里混杂着草，口袋里装着一块冻干的肝。多数时候我都沉醉于养狗的狂野快乐中，不太在意自己的外表。那个夏末的午后，我在水塘边偶遇的女人与记忆中卡罗琳的优雅风度大相径庭：锦衣华服换成了运动鞋和一条马马虎虎的辫子。她仍旧很腼腆，以至于我以为她不记得我了。她绕着那条跟克莱门蒂娜同岁的混种牧羊犬露西尔转来转去，似乎也心无旁骛地牵挂着她的狗，与我不相上下。

出于私下和公开的原因，我还知道几年前的那天夜里，卡罗琳端着的那杯白葡萄酒是她的魔杖，也是匕首。说公开，是因为卡罗琳在她的回忆录《酩酊：一个酒与爱的故事》[1]里透露了这一点。那是书出版后的夏天，她参加了无数脱口秀和专访，成了出版商的梦中情人。按业内人士的话来说，她"秀得精彩"：长长的金色发辫，悦耳的嗓音，而克制的姿态又暗示着彬彬有礼背后藏着幽暗深流。人们普遍认为，大部分作家若能取得卡罗琳凭此书获得的成功，恐怕将别无所求。而经验和直觉却让我有不同的判断。如果说作家有某种共同的气质，那就是他们往往是害羞的自大狂；他们渴望得到认可，公众的关注便成了必须承受

1 《酩酊：一个酒与爱的故事》（*Drinking: A Love Story*），后文简称《酩酊》。——编注

的代价。

这种私下的共鸣来自我那几乎尘封的过往：十二年前，也就是 1984 年，我戒了酒。而当卡罗琳带着她的嗜好成为主流时，我却十分保守，对自己与酒精的斗争讳莫如深。我相信，匿名戒酒互助会[1]中的“匿名”二字是一件我已经穿戴了好些年的防护罩。

我们在水塘边迟疑着互相打了个招呼，而我们的狗却颇为兴奋地自我介绍。“卡罗琳，你还记得我吗？”我问道，她微笑着说记得。“天哪，你最近一定够受的，你还好吧？”我又说，她吃了一惊，随后松了口气。后来她告诉我，那天她疲惫不堪地到处走着，因为自己的曝光而有些沮丧烦乱。跟我聊天是种安慰——我

1 匿名戒酒互助会（Alcoholics Anonymous），起源于美国的互助性戒酒组织，后文简称“匿戒”。——编注

更关心她的狗，而不是她的图书销量。于我而言，她也一样。我们就像是公园里的新手妈妈，交换着各自庇护对象的重要点滴，而这些只对我们有吸引力。我提起城市北边的米德尔塞克斯丘陵——一块两千英亩的森林保护区，我在那儿训练我那任性的雪橇犬不受牵引地奔跑。卡罗琳问我怎么去那里。由于路线复杂，我局促不安地解释着，生怕她只是出于礼貌打听，而我又过于啰唆。那地方离这儿有半小时的路程，即使不堵车也很难找得到，只有像我这样热衷于驯狗的人才会费心劳神地寻找。

几周后在丘陵，我听见有人隔着羊圈草地叫我的名字，原来是卡罗琳在另一边微笑着向我挥手。我既惊讶又欣慰：她是真的记住了那迷宫般的路线图，一路找了过来。我发现，专注是卡罗琳的一项特质。几天后，她打电话给我提议一起遛狗，开始我没接到电话，她就又打了一次。我是个内向的人，带有得州人的亲和力，可总是有点虎头蛇尾。怪不得一个老朋友说我是个群居的隐士。我渴望某一刻自发联结带来的温暖，也渴望独处的自由。卡罗琳礼貌地敲响了通往我内心世界的大门，等了一会儿，又敲了敲。她坚持着，看上去聪明又热心。还有一点让我很高兴，交谈时她告诉我，她在写一本关于人和狗的情感联结的书。她属于那种我不介意为之打破我苦行僧般处事原则的人。

几年后，那本书出版了，叫作《两个是一对：人与狗的复杂联结》[1]。卡罗琳在书中将我命名为格雷斯，

1 《两个是一对：人与狗的复杂联结》（*Pack of Two: The Intricate Bond Between People and Dogs*），后文简称《两个是一对》。——编注

而克莱门蒂娜则化身为一条名叫奥克利的阿拉斯加雪橇犬。在羊圈草地相遇后的几周里，我们每隔几天就一起出游一次，丘陵成了一处常规目的地。我们在镇子外面的林地里让狗跑上几小时，同时遍寻马萨诸塞州东部壮美的森林和田野保护区，搜索另一些林地。秋天我们漫步湖滨，冬天踏过防火道，随身带着给狗准备的肝味饼干和给人准备的全麦脆饼，常常走到我们四个都累得发不出声来。狗在蜿蜒曲折的路上互相追赶，我和卡罗琳边走边聊，久而久之，聊天内容愈发丰富深入，我们开始管下午的长途跋涉叫“分析性散步”。

“我们绕远路回家吧。”到了车上，她会这么说，然后我们在萨默维尔或梅德福日间的车流里缓缓前行，并不急着分开。开到最后，克莱门蒂娜在后座上发出轻柔的呼噜声。车先开到谁家，我们就在屋外坐下继续聊天，随后各自回家，互相打电话。

“要是水塘结冰了呢？”初冬的一天夜里，我在遛狗结束后说道，那时节狗还是会猛地扑向水面，毫无顾忌地沉浸在自己的快乐中，“我担心冰太薄，狗要是追鸟，就会掉下去——这种事每年冬天都会发生。有些狗跑到冰上，主人跟在后面，狗逃出来了，人却淹死了。你很清楚我们俩都会跟着狗跑的。”

卡罗琳听着我激动的碎碎念——我意识到她听得全神贯注，甚至发出了某种声音——叹了口气，答道：“那我们得带着绳子和斧子去遛狗了，不是吗？”她总是知道如何在我渐行渐远时把我拽回来。

我想每段友谊都有这样的标志——这种相互制衡的关系，使你们比独自一人时更强大或更慷慨。对我们俩来说，世界以不同的方式提升至新的境地。不管这种敏感是弱点还是长处，一开始我们就从彼此身上发现了它。甚至是在我们一起度过的第一个午后——夏末林地里的四小时散步——我记得自己就被卡罗琳**打动**了，这并非出于单纯的喜爱或友谊的反应。她是那么安静，那么细心，而又那么全神贯注。跟一个情感强度比起我来有过之而无不及的人在一起，我感到一种轻盈的解放。她的犹豫拴住了她的真诚：正如卡罗琳在书中吐露的那样，她是个极其内敛的人，总是在深思熟虑后才进入一段关系。我这辈子认识不少作家，包括我自己，我意识到这个特点：纸页上呈现的绝非故事的全貌，而是作家的版本——由创作者一手操控的描述。

我不止一次地回想起第一天见面，卡罗琳似乎希望自己身在别处，因为她不停地看表——足足看了六次，她以为没人察觉。我要学着接受这种与我无关的小仪式。它体现了卡罗琳的焦虑，不管日程安排多么不确定，她都要给自己锚定一个位置。但那天我却非常不安，最终问她是不是要去其他地方。我想她很难堪，她向我道了歉，后来我们一直走到黄昏将我们赶出林地。随时关注时间的流逝，尤其是在她戒酒后，成了卡罗琳应对夜晚自顾自降临的权宜之计。

那天触动我的另一个重复举动，当时我还没法完全说清楚。自打决定跟上克莱门蒂娜，我就全身心地爱上了遛狗。我得过小儿麻痹症，所以走路时有点跛，微微踉跄。不管我多么努力想要弥补，在路上我仍比自己愿意承认的更脆弱。9 月末我们外出散步，林地上铺满了刚掉下来的橡子，我不停地在上面打滑，摔了好几次。我满不在乎地说自己从小到大都是这副蠢相，早就习惯了；我没有说我也习惯了旁人尴尬的反应。当我用“我得过小儿麻痹症”来解释跛行时，旁人要么过分关心，要么颇不自在。而卡罗琳哪种反应都没有，她似乎一秒都没质疑过我的能力。绊了第一跤之后，每次我一踉跄，她就伸出一条手臂撑住我，扶着她就像抓着一根树枝那样自然。如果说我生来就只能慢行，那么卡罗琳则擅长冲刺——她速度很快，动作敏捷，而且总是急匆匆的，不管她是不是有意为之。但当她摸清了我惯常的步速，就放慢脚步，同我保持一致。

除了都有个姐姐，我们的童年毫无共同之处。卡罗琳是双胞胎里的妹妹，比她姐姐贝卡晚出生几分钟，姐妹俩始终关系密切。我在得克萨斯有个好朋友也是双胞胎，因此我发现卡罗琳有类似的特质，可能是源于打出生起就成双成对的状态——她有种与人亲近的能力，有时显得私密而又绝对。我姐姐比我大两岁，我在成长过程中习惯于同时被管教和被照顾。我是第四代得克萨斯人的女儿，祖上是艰苦奋斗的农户。我的父母在荒凉的得州潘汉德尔安家立业，我父亲曾在二战期间担任军士长。卡罗琳在剑桥的知识分子圈里过着她所说的备受呵护的生活。在我遇见她的前几年，她父亲死了。他是一位深受尊敬的精神科医生和精神分析学家，卡罗琳与他心灵相通，深深地爱着他。我们成为朋友后不久，她丝毫不开玩笑地告诉我，在她只有六七岁时，她父亲曾坐在她床头，拿着标准的便笺簿和笔，询问她做的梦。她母亲是个艺术家，性格内向，在她父亲死后一年也撒手人寰。在她三十出头时，她的双亲因癌症相继离世，可谓祸不单行。后来她在酒精里浸泡了一年，直到 1994 年被迫接受康复治疗。

我是从她的书里得知这些的，其余的则是在第一次漫长的午后林间散步时她告诉我的。那天，我还听说她刚跟交往了六年的男友分手，他姓莫雷利，是个心胸宽广的男人。结果这次分手只是暂时的，莫雷利和我成为朋友后，卡罗琳和我经常叫他"美国最后一个好男友"。这些零星的点滴——我们友谊初始阶段展开的故事——属于一个身手矫健、表情严肃的女人。在我看来，她是那种在冰雹成灾的天气里，你会让她开着拖车送你回家的人。她很坚韧，也很谦逊，这种忠诚可靠在危急关头不止一次地显现出来。我猜这部分来源于实践：在战胜了厌食症和酒瘾之后，她已经穿越了自己最深层的恐惧。

〉〉〉

我刚摸索到自己的十字路口。我四十出头，这年纪从山上望见的风景既清晰又令人感伤，想象中的前景成了现实中的道路。我想从小到大，这个阶段可以说是最活在当下的。我在大城市的新闻编辑室里度过了三十来岁那段时光，肾上腺素和睾丸素跟截止日期一样充斥着那里的每个角落。最近我放弃了书评编辑的固定工作，回到了普通岗位，为《环球报》撰写书评。这种转变加上技术革新，让我能在家工作，带着狗四处游荡。我的狗很快就明白阅读对于我等同于她嚼骨头。我早就觉得，老天按我的习性为我量身定制了一份工作：我太固执己见，做不了客观的新闻记者；我太散漫，当不成学者。我爱幻想，又执拗，喜好分明而强烈。无论是在儿时还是成年后，我眼里富有成效的一天，就是读上几小时书，然后凝视着窗外。我很幸运地找到了一份恰好需要这些技能的职业。如今跟克莱门蒂娜在一起，我几乎可以一整天不出声，阅读或是写作，或是用一种人与狗之间的特殊语言交流，这种语言颇为简单，唯有用心感受。

冬日的氛围仿佛带我回到与卡罗琳相识的头几个月：雪、城市街道和暖气片散发出的清爽、独特的东海岸气息。11 月她过生日，我送了她一副软毛衬里的连指手套。几周后，我们各自推掉了别的感恩节安排，在林地里遛了一天狗，然后一起做了一只烤鸡。天气越来越糟、越来越冷，我们相应地调整了日程安排。

她教我怎么深一脚浅一脚地穿过结冰的小道，侧着身子走下陡峭的山坡。我在室内游泳池教她自由泳，哄她把脸埋进水里学习调整呼吸，而她站在那里边骂我边哆嗦。

在我印象里，卡罗琳总是很怕冷。她二十多岁得了厌食症，此后就保持着正常的瘦削体态，她经常裹着几层毛衣跟我去散步。通常我们会去林地或水库，但有时到了傍晚，新英格兰的太阳早早没了踪影，我们就溜进哈佛的运动场，这样狗就能在开阔的场地上奔跑。那时我就住在附近。运动场背靠公共住宅，被高耸、残破的铁丝网隔开。要想进入这块圣地，必须得靠两个人的力量：一个人抬起排水沟上松脱的铁丝网，另一个人带着狗穿过去，然后从另一边拉起网。我们的闯入既非法又粗暴——我小时候在得州经常干这类勾当——我很高兴卡罗琳愿意入伙。尽管她在酒精世界里勇猛无畏，却仍拥有一种乖乖女的特质，后者我未曾沾染半点。我们站在冷冷的黑暗里，两只狗在夜空下闪闪发光，克莱门蒂娜的白色身躯和球场上的灯光是夜色中的光源。这就如同被困在沉寂寒冷的山洞里，我们互相说着故事，一直待到受不了为止——卡罗琳穿着她的新 UGG 靴子，哆哆嗦嗦抽着烟；我虽然感到有些犯忌，却依旧愉快地吸着二手烟（四年前我戒了烟）。有时候，我们靠着破旧的铁丝网坐在地上，狗在我们的口袋里胡乱翻找饼干，然后又冲进黑暗中。我们经常笑谈，那些有常识的人或不养狗的人，坐在某个温暖的餐厅里，要么在旅行，要么过着一种大家都时不时觉得自己应该过的或至少是渴望过的生活。然而除了坐在夜空下坚硬的泥地上，看着狗聊着天，我哪儿都不想去。

那些地方也记录下了我们的第一次误会和冲突，或者可以称之为微不足道的共情失败，而这种失败恰恰是通往亲密关系的试验田和大门。那年冬天结束前，显而易见的是我们互相关心，并且很快在日常生活的安排上达成了默契；隐而未露的是，我们正在彼此生活中开拓出一块关键位置。有几天，我不得不在沉默中忍受一种挫伤，它与我们对彼此作家身份的认同有关：这对我而言如此重要，以至于我仍有点不愿想起当时自己的不快。作为供职于大型日报的评论者，我年纪更大，资历更深。卡罗琳则在非主流报纸上崭露头角，凭借回忆录一举成名。我们在相遇前的好几年就已经互相知晓，我们仰赖一种作家间认可对方成果的秘而不宣的共识。在大多数关系里，这种目标上的一致性就已足够。可卡罗琳从未直接提起过我做的事，也从未评论过我做得怎么样，却给了我一本她的回忆录，不停地问我是否喜欢。

现在我换了个角度看待此事：她觉得我拥有更多力量而自我需求和欲望较少。不过那天在运动场上我可没有这种体会。我为《环球报》写的一篇长文刚刚发表，我累坏了。我们在一起散步，卡罗琳嘟囔了几句，说我的工作太辛苦了，对那篇文章却只字不提。我终于忍不住脱口而出："有件事也许不妥，可我还是得问你——我想知道你对我的作品有什么看法。"

她吃惊地看着我。"哦，我的天。"她说，"我变得跟我妈妈一样了。我以为你知道我的感受，可我从没告诉过你。"她赶紧安慰我，接下来的散步中，我们一直在谈论这情形就如同沼泽地：一个充斥着嫉妒、竞争和自我怀疑（女性之间的、作家之间的、女性作家之间的），涉及不安全感和实力差异的世界。那天我们很快发现，我们对彼此的喜爱是多么强烈而又复杂。我也初次感觉到卡罗琳的一项主要特质，而这成了我们友谊的支柱。当她遭遇任何情感上的困境，无论是大是小，她的反应都是迎接而非逃避，直到问题解决，而不会留下因宿醉或争吵导致的情感创伤。我在解决问题上的本能反应与此一致：我知道沉默和距离比迎面相交更加后患无穷。这种共识保证了在后来的几年里，我们之间不存在任何无人认领的行李。

那天交谈后我如释重负，但又为自己的脆弱而不安。卡罗琳和我仿佛踏入了一块领地，在那儿一切都很重要，而我们互相陪伴。“哦，不。”我说，脸上挂着浅笑，眼中却含着泪水。“怎么了？”她关切地问。“我**需要**你。”我说。

三

我想她会说，这种需求在她那一方更加强烈。那时她刚跟莫雷利分手，他们交往多年，中途分开两年，后来结了婚。不久前她还失去了父母。她仿佛透过一副美化眼镜，将我视作有能力独自营造生活的女性。更复杂的事实是，我也处在一个关键时刻：我刚刚舍弃了一系列无益的事物，饮酒只不过是排在清单上的第一项。“你选择了独居。”一个朋友这么告诉我。“哦，我觉得是独居选择了我，”我说，“就像基督的老新娘。”然而我在自己的世界里怡然自得，有时会让朋友或异性伴侣颇为不悦。我上一段足以挂齿的罗曼史早在几年前就糟糕地画上了句号。过去十年间，我最亲密的一个朋友——一位艺术家和电影制作人——刚刚离开剑桥去了纽约。我有一些颇具年头的牢固友谊，有男有女，但如今留在此地的多数朋友都属于第二层亲密圈子——如果你被车撞了会打电话给他们，但如果只是扭伤了脚踝就不会。

“男人其实并不真正理解女人间的友谊，不是吗？”有一次我问朋友路易丝，她也是个作家，住在明尼苏达州。“哦，天哪，完全不，”她说，“而且我们绝不跟他们解释。”其实我一直习惯于建立女性间那种强烈而又果敢的友谊，这得归功于我在得州自小到大的成长环境。20 世纪 70 年代，我二十出头，当时反战运动如火如荼，女权主义日益兴盛，二者在奥斯汀密不可分。我认识的女人们焚毁陈旧的规则手册：那里面的女性只购物不发声，为了争夺银背猩王不择手段，她们守护着彼此的恐惧与渴望，仿佛那是了不起的商业机密。我曾是一支全女摇滚乐队的成员，我们曾一起被捕；我们互相依赖，经历了那十年所提供的每一项试炼，从医学院到毒瘾。1981 年，当我离开奥斯汀到新英格兰追寻作家梦时，我的勇气有一部分就来自那些富有激情的联结。

那些吸引我的东北部女性，用她们自己的方式诠释了六七十年代的狂欢岁月，但是对于成熟的渴望封存了她们内心的火焰。我在波士顿的友谊显得疏离又流于表面。20 世纪 80 年代中期我被《环球报》雇用，那里的编辑室是男性主宰的天下。我认识的大多数女人都埋头于报道战争或政治——胜利的甜蜜代价！——没多少时间与人深交。我的独立与离群证明了这一点：我的大部分情感资源都倾注在了我的作家梦上，这巩固甚至可以说拯救了我的生活。

我也逐渐但又坚定地意识到，我不想要孩子。我想自己早就瞥见了这种可能性，虽然我成长于保守的得州潘汉德尔，结婚生子在当地就跟祷告和橄榄球一样不言而喻。我的父母都来自大家庭——我父亲是十个孩子里的老九，我母亲是六个孩子里的老大——拥挤的童年，让他们渴望小家庭奢侈的宁静。我母亲鲁比还是年轻姑娘时，屁股后面总跟着个拖油瓶；我猜她离开农场前就已对此心生厌烦，那年她十八岁，经济大萧条达到了顶峰。她在劳动大军里拼搏了十年，然后嫁给我父亲，一直等到快四十岁才生孩子——这在20世纪中叶的美国可谓激进之举。她赞许每一条通向自我满足的道路：我姐姐有了女儿时，鲁比欣喜若狂；当我离开得州前往东部成为一名作家，她表现得仿佛我爬上了乞力马扎罗山。

不论我母亲为我设想了怎样的备选路径，女权主义都已拓宽成了一条四车道的高速公路。我认识一些女性，她们的情感选择与做母亲的想法紧密相连。我的梦想与此并无交集，所以我获得了自由，能够将男欢女爱纯粹建立在感情基础上。一大批女性如潮水般涌现，她们无须再为社会地位、经济条件或生儿育女而结婚；作为其中一员，我将自己解放到了那种无须做出任何承诺的宽广淡然的境地。这是好消息，偶尔也是坏消息。我独自一人、无牵无挂地踏上了去东部的小小征程，我知道自己避免了不幸婚姻的枷锁，或是某人支票的奴役。状态好的日子里，我感到自由、坚强、自豪；状态糟糕时，我就孤独得要死。一位得州的老朋友难以忍受我加尔文主义般的隐忍，她寄给我一张明信片，上面字迹潦草地写着几个词："降低你的标准。"

激动人心也好，令人厌烦也罢，单身女人的爱情叙事往往是漫无边际的闲扯：读者们，我继续说。二三十岁期间，我有过几段感情，有的是扣人心弦的戏剧，有的是巨大无边的灾难，但它们同属那个我被自由蛊惑的时代——它们要么来势凶猛又转瞬即逝，要么假装标新立异而令人大失所望，要么琴瑟相调却少了天时地利。大多数恋情都笼罩在琥珀色的酒精雾里，因此鲜有机会战胜我对酒瓶子的钟爱。一旦威士忌掺和进来，就成了一副三角局面。

即便是在戒酒后的一段时间里，我也常常会由着性子瞎选一气。《环球报》有个年轻记者成天围着我的书桌打转，我对他的追求一笑置之，直到他要被派去国外分部。当我听说六周后他将前往一处热点地区，并在那儿驻守好几年，我就跟他发生了关系。之后我遇见一个住在五百英里外的大城市日报的记者。他告诉我糟糕的离婚让他陷入了炮弹休克症，那一刻我断定我们是天生一对。

要不是他们暂不可得或动身出国，我情愿陷入皮格马利翁[1]式的慢性死亡陷阱：选一个往往颇为自恋的聪明导师，他想要把我拉入他的轨道。我上一段正经恋爱是跟一个叫山姆的男人，他大我十岁，完全吻合此等模式，这可能也使我永远摆脱了这种倾向。我们在一起过了两年，那是一出短暂而永恒的紧张戏剧。虽然我愿意相信我会鼓起勇气自愿离开他，但真正打破魔咒的是他搬去了另一座城市。

离开他的那天夜里，我在拥挤的机场跟他道别，泪流满面，然后登上了一辆回波士顿的晚班车。第二天早上醒来，我没有一蹶不振，而是几个月来头一次感到很安全。那是一种身体上的感觉，就好像刚刚结束了一次糟糕天气里令人作呕的航行。那晚我要去参

1 皮革马利翁（Pygmalion），古希腊神话中的塞浦路斯国王。他用象牙雕刻出了心目中的美女，日日与之相伴，雕像最终变为真人，成了他的妻子。—— 译注

加一场节日派对，我穿上丝绒衬衫和牛仔靴，朝脸上泼了点凉水。女主人在门口看见我，担心地皱起眉头。我轻描淡写地说：“我离开他了。”

“你还好吧？”她问我。

“不好，”我说，我那不再凄惨的微笑适时浮现，“不过我会好的。”

我给自己找了个出色的心理咨询师：一个轻声细语、宽宏大度且带着别样幽默感的男人，我对他最初的喜爱很快便包含了信任。他是来自布鲁克林的犹太人后代，经常给我引述波德莱尔的作品和《雅歌》（“the Song of Solomon”）。我说笑话时，他会笑；但我自作聪明地掩盖伤痛时，他不会。我哭着告诉他，我担心自己太紧张，有点过头了。他打断我的哭泣，说：“如果有人告诉我，上天注定只能保留一**样**你的东西，那就是你的过头。”

我生命中最美好的一次联结就这样拉开了序幕，它记录下我追寻光明的旅程，有时则为我指引方向。我迈入四十岁，两天后戒了烟——二十年里，我习惯了每天一包烟。我的生活貌似清苦，却很扎实：如果弗洛伊德承诺完整的灵魂有爱也有工作，那我正在尝试两者的现代版本。工作支撑着我，爱来自朋友的簇拥，而不是恋人的试探和慰藉。虽然夜里筋骨有些酸痛，但此时此刻攀上这块岩石，我得以欣赏人生旅途中的美景。

〉〉〉

后来，在1995年春天，一条名叫克莱门蒂娜的狗出现了——这是一段让我自甘谦卑的经历，甚至动摇了我的苦行天地。自打记事起，我就想要一条萨摩耶犬——我甚至翻出了一本旧的萨摩耶犬训练指南，那是我童年的收藏——可因为它们是大型雪橇犬，我觉得养在城市里有失公平。我也不愿在编辑室里忙上一整天，而让狗独自待着。差不多在我开始居家工作时，楼下的邻居，一个年轻的外科医生和一个律师，把一条八周大的拉布拉多小猎犬带回了家。我答应白天去照看她，却很快习惯了每天早晨带她上楼。我读书时她就睡在我腿上，这种互惠互利的安排开启了我尘封的雪橇犬幻想大门。我那上了年纪的波斯猫居然能容得下拉布拉多犬，这让我确信可以将另一条小狗引入他的领地。于是我几乎跑遍了新英格兰，四处搜寻萨摩耶犬。我咨询了驯狗师，他们向我保证，在城市里养萨摩耶犬完全可行。我造访犬种救援组织和专业饲养机构，他们严加盘问以确定我是否符合要求。每当我在街上看见萨摩耶犬，就拦住狗主人抛出一连串问题。我驱车上百英里去见一个繁育者，她的狗得了全国冠军，被授予蓝带。可她的犬舍拥挤不堪，明显以盈利为主，我苦恼地逃开了。然后我去了康涅狄格州，又是一轮盘问。这回却让人欣慰许多，五条成年萨摩耶犬绕着我的膝头争夺空间。最终，在经历了一系列失望，见识了小得出奇的幼崽之后，我在纽约北部找到一个女人，她有一窝七条五周大的幼犬。她说想要这些小狗的人得排队等上一年，可那天早上，就在我打电话的两小时前，有人放弃了。我从不知道这是命运安排还是销售技巧。但两天后，我驱车两百英里来到纽约州的金斯顿，在当地几乎空无一人的假日酒店里订了个房间。我的心早已飞离了平流层。

这次旅程只是为了**见见**小狗，也让繁育者有机会见见我——看看我是否够格跟她的某条小狗配成一对。只要经历过寻求纯种狗的迷宫之旅，谁都会将这视作声誉良好的繁育者的正常举动；尽管对刚入门的新手来说，这既令人害怕又让人兴奋。得到克莱门蒂娜，比找工作、申请贷款都难。繁育者让人类候选者挑两条小狗，然后她会把我们和她认为最合适的那条狗配对。我选了条活泼好胜的小捣蛋，一见面她就猛扑到我腿上。还有一条是睡眼惺忪的大个子姑娘，我来访的大部分时间里，她都在打瞌睡。当繁育者打来电话说我得到了那条小捣蛋时，我笑了起来。

两周后，我去了金斯顿，当天往返。一个朋友开着她的萨博车，而我跟克莱门蒂娜一起待在后座上，她那时十一磅重，不到一年就会长大五倍。我把克莱门蒂娜带回家，手忙脚乱地对她重新定位，新找了人家的动物多半都有此番经历。我好像放出了一头小狼崽，她固执、势不可挡又无所畏惧。一条一百二十磅的爱尔兰狼狗来家里玩，克莱米[1]不及那狗高，却叫得格外凶，在比自己重十倍的狗面前毫不怯弱。她入侵后的头二十四小时里，我不曾合眼，而后我坐在后门廊上，她四仰八叉地在我腿上睡着了——**她有白色的睫毛！**我心里想着，眼泪开始从脸上流下来。我这辈子养过不少动物，但我的心从未被如此明确的爱占据。

我理解这种依恋是什么：对一个依靠你生存的生物，那种本能的、深刻的，或许是出于母性的感情。

1 克莱米（Clemmie）为克莱门蒂娜（Clementine）的昵称。——编注我理所当然地尊重人与动物之间的联结。狗跟我父亲很亲，而我是和动物一起长大的。我在得州的姐姐养了一条艾尔谷㹴和一条边牧。因此我对跨物种的依恋并不陌生。我对克莱门蒂娜的依恋是在何时以及如何发生的——**单身女人，不想要孩子，喜欢狗**——这为我们所有人都需要的基本关系提供了一个恰到好处的答案。我把这个神奇而聪慧的动物带进自己的生活，它在我眼里不是一个替身，而是一种福气。

我的生活以最令人满意和最平凡的方式改变了。晚上我不再跟朋友出去吃饭，而是加入了公园里的街区养狗团体，同一大群人为伍。如果没有狗，这些人的生活轨迹恐怕不会有任何交集。为了应付每天准时开启的拆屋行动，我这个夜猫子开始早上 6 点起床。我的公寓曾是由古老的波斯地毯和书橱组成的整洁天地，现在四处散落着嘎吱作响的玩具和毛绒狐猴。我推迟了计划已久的出国旅行，在韦尔弗利特水畔租了一套房子教克莱门蒂娜游泳。我在得州的潘汉德尔长大，那儿隔着十英里远就能闻见畜牧场的味道；搬到东北部的城市后，我始终想念那种粗犷的生活方式。现在我一副过去的标准装扮，牛仔裤配靴子，膝盖上沾着土，感觉自己仿佛回到了某个遗忘已久的避风港。

我的新朋友们——待在隐秘领地的养狗人士——可以一连几小时谈论狗的恐惧攻击行为或社交技巧以自娱自乐。如果不养狗的朋友觉得我们疯狂或无聊，我们就会同情他们的损失。如今我在室外度过漫长的夏夜，懒洋洋地在运动场上看场棒球赛，或是在附近闲逛。我生活中的头等大事发生了变化，这常常会冒犯别人：在牛顿的一次上流聚会上，我惹恼了主人，因为我无视宾客，在后院跟金毛猎犬嬉笑玩闹。我报名参加训练课，然后是第二轮、第三轮。整个星期我都盼着上课，沉醉于一种清晰明了的沟通方法，那是训练一条独立的雪橇犬所必须掌握的。威逼恐吓立刻就现出原形，暗示、嘲讽或优柔寡断也同样无效。狗渴望并回应直截了当的指令、认可与夸奖，所有这些都是直指心灵的语言。对一个每天花费数小时琢磨文字之复杂美妙的作家而言，这类物种间的联系是舒适解放的所在。

我们相遇后不久，卡罗琳告诉我，她爱她的狗，这无须任何解释。当我沉浸在克莱门蒂娜带来的挑战中时，卡罗琳的生活也被露西尔颠覆了。这段经历后来被写进《两个是一对》当中，当时她刚签下这本书的合同。她也接受了一番训练，就像是为美国航空航天局执行任务。我去剑桥的康科德兵工厂上了两轮训练课，碰上一个前海军陆战队员，他认定克莱门蒂娜堪比雄性恶棍。每次她出了点岔子，他就像面对军营士兵似的冲我大喊大叫："跟他说他是个浑蛋！"卡罗琳痴迷于纽约著名的新精舍[1]修士团，他们驯养德国牧羊犬，写下了影响深远的训练手册。她找到了修道院的电话，恳求他们让她带着露西尔去拜访。我们私下里对自己的犬类知识颇为自得，要是看见有人在他们的狗身上用错了方法——想说"留下"时说"不"，或是过于随意地使用"过来"的指令——我们就会互相挑挑眉。不过我们把这份优越感留给自己，只会向对

1　新精舍（New Skete），纽约的东正教团体，其中一些修士因驯养德国牧羊犬而闻名。——编注

方显摆。某天在鲜水湖，卡罗琳看见一条漂亮的软毛小猎犬缓步前进，她冲狗主人喊道：“那是新斯科舍诱鸭寻回犬吗？”她赢了一回。

这种投入在我们友谊的最初几个月里接受了考验。我们不约而同报名参加了10月在佛蒙特州举办的为期一周的狗会。成群的爱狗人士聚集于此，延绵几英亩的绿地上搭建起了临时房屋，人和狗完全沉浸于训练、敏捷性、聚餐和团体游戏当中。20世纪90年代中期，这种地方并不寻常，卡罗琳发现了展开研究的好机会。而我到那儿纯粹是为了玩。它就像是爱狗人士的裸体营地，让人远离常规社会的压抑束缚，沉迷于一种自然状态中。如果你想给狗穿上奇装异服，或是跟阿富汗猎犬练习障碍跑，没人会笑话你，至少在公开场合里没有。

从任何正常的角度来看，这类营地都如同闹剧。大约有八十个人带着他们的狗狗参加了这次秋季聚会，那种狂欢节般的气氛可能更容易感染人而不是狗。边牧在飞盘比赛里东冲西撞，眼中闪耀着近乎狂热的专注。威尔士柯基犬仿佛坚定的士兵一样排队走上山坡。我看着我的狗以大约四十英里的时速奔跑着追逐猎物。哥伦比亚广播公司的早间节目正好在那儿拍摄，于是克莱门蒂娜在阳光下经历了她的媒体日。晚上，卡罗琳和我忍受了一顿自助餐式的晚饭，未等计划中的讲座开始就溜了出来，回场外的房间里消化一整天的奇闻异事。临近一周的尾声，我们沿着佛蒙特州起伏的地势集体远足。我扭头看见大约二十条精力旺盛的狗冲上小山坡，其中一半拴着牵引绳，狗主人却无力阻止他们的狗。这就像是一部失控的迪士尼电影。卡罗琳和我悄悄走开，找到一条无人的曲折小道让狗奔跑。克莱门蒂娜在一处高地发现了一头鹿，开始追着它跑。惊喜的是，当我远远地吹响口哨召唤她回来，她居然停下了追逐——她回头看看我，又看看那头鹿，然后朝我的方向跑来。这足以让我相信，靠自己就能做得很好，那时我已经受够了夏令营的日程。最后一天的活动，我逃跑了，连附近那家小旅馆的住宿费也没退，就回了波士顿。优等生卡罗琳虽然胆怯，却被我的造反行为感染，也溜之大吉。不过她礼貌地找到了工作人员（对方压根不在乎），让他们知道她要离开。

这是我俩之间让人重视起来的珍贵互动之一：她是乖乖女，我是叛逆者，我们两个人都从彼此身上学到了许多，继而拓宽了各自的天地。她的父母崇尚弗洛伊德和艺术，而不是上帝；作为自由派知识分子的女儿，她经常抱怨自己没什么可反抗的。在“《圣经》地带”长大的我，则有一堆反叛的理由。我母亲来自一个严格的浸礼会家庭，在星期天会避免玩牌。我父亲是尼克松时期的民主党人，为了保护年少的女儿，他手握猎枪在我们居住的郊区街道上巡逻——猎枪没上子弹，却很有威慑力，尤其当猎物是一伙青春期男孩时。卡罗琳喜欢听这些故事。她自己的父亲要是遇见女儿们的这些竞争者，挥舞在手的武器恐怕不是枪，而是罗夏克测验[1]。

那年秋天，我们在米德尔塞克斯丘陵羊圈草地附近的防火道上散步。那是个美妙的周日下午，为了欣

1　罗夏克测验即罗夏克墨迹测验（Rorschach Ink-blot Test），由瑞士精神分析学家赫曼·罗夏克（Hermann Rorschach）创建的一种人格测验。——编注

赏美景，不少人都穿越了边界，走过了禁止入内的水库旁边“非请莫入”的标志。镇上的警察来了后，只是让带狗的人聚拢，对那些推着婴儿车的家庭或独自漫步的人却视而不见。我们就像是违法少年般被他赶成一列，然后他开始为非法入侵行为写传票。我打算用个假名，这在我看来是显而易见的做法。可站在我前面的卡罗琳老老实实地说了她是谁以及住在哪儿。我叹了口气，决定与她为伍。

几周后，我们被邻近的斯托纳姆镇法庭传唤。所有人——十九个违法者——受到了一通滑稽的严厉斥责，被判缓刑六个月。（“斯托纳姆在哪儿？”开庭那天早上，卡罗琳打电话问我。）我站起来向法官陈述，不满于我们遭受的不公正待遇，因为只有养狗的人才被传唤。法官草草地记下我的反对意见，与我为伍的卡罗琳看起来颇为尴尬。我们的朋友汤姆发现卡罗琳被捕这件事具有特殊的幽默感，便给她做了一件丝印的T恤，上面印着露西尔在栏杆后的照片，配着“释放羊圈19号”的说明。

驯狗师凯西是最早建议我们俩接触的人，她是凭直觉那么说的。她是个充分相信直觉的人，每天观察狗和人的各种行为线索。她个子小小的，说话柔声细气，养了两条德国牧羊犬。她能用波澜不惊的方式和直截了当的话语，让任性不羁、狂妄自大的狗停止奔跑。凯西对人的洞察同样敏锐，在卡罗琳和我成为朋友之前，她就对我们有所发现。几个月后的一天，我们在凯西的后院一起上训练课，我伸手摆弄卡罗琳的衣领，说：“天哪，我有件一模一样的背心。”

“你当然有了。”卡罗琳无动于衷，“怎么会没有呢？我们过着相同的生活。”

我们俩有许多明显的相似之处，而深埋其下的是我们共同的酗酒史——心里有个空房间，那是上瘾的本质。卡罗琳和我很快就无话不谈，但在我们友谊的头几个月里，我把我们最大的相同点暗藏于心。我们成为朋友前的那个夏天，我读了卡罗琳的回忆录《酩酊》，在一间被雨水浸湿的小屋里，当时我跟克莱门蒂娜去鳕鱼角的特鲁罗过了一周。白天我在水塘里游泳，然后在带顶棚的门廊上看书，直到暮色深沉。我还记得自己坐在那儿读着书，克莱米睡在我身边，屋外的黄昏渐渐遁入漆黑。那时节正是名人出版回忆录、披露上瘾往事的第一轮高峰，皮特·哈米尔[1]和其他几个人推出了新硬汉版的《火山下》[2]。然而直到现在，大部分酗酒故事仍属于男性俱乐部。在特鲁罗的那天夜里，我一口气读完了卡罗琳的书。我知道它痛苦、坦诚、发人深省，也知道那都是真的，因为十二年前我把最后一夸脱杰克丹尼威士忌倒进了厨房的水槽里。

1 皮特·哈米尔（Pete Hamill，1935—2020），美国作家、演员，其回忆录《饮酒人生》（*A Drinking Life*）曾经很畅销。——编注

2 《火山下》（*Under the Volcano*）是英国作家马尔科姆·劳瑞（Malcolm Lowry）创作的一部小说，主人公因政治失意、婚姻失败、信仰破灭而沉迷于酒精，最终走向自我毁灭。——编注

四

在 1981 年搬来东部之前，酒精就显现出它灵药与毒药的双面性，当时我并没有发现两者几乎互为依存。我来自一个热爱波旁威士忌的得州新教徒世家，这份热爱已经成了一种生活方式。据我所知，唯一的例外是我的外祖父。他是个和蔼的农民，长着蓝眼睛，在教堂唱诗班参加无伴奏合唱，乐呵呵地遵从我勇敢的外祖母的一切意愿。在他们死后几年，我向母亲求证我所认定的这一和谐组合。

“外婆跟外公幸福吗？”我问。

“哦，当然，”她说，“在爸爸戒酒之后。”

我惊呆了。我从不记得外祖父碰过酒精。可母亲告诉我，我四岁那年的某个夏日，我们去外祖父位于得州布雷肯里奇附近的农场玩。他去镇上办事，回家的路上把我和姐姐带去了酒吧，这让我父亲勃然大怒。母亲说，外公不常豪饮，却名声在外。他可以发了疯似的一连喝上几星期，然后重新出现在教堂里，接下来几个月保持清醒。外婆在这种阴影下抚养了六个孩子，终于威胁说要离开他。不久，他就戒了酒。那时我还太小，只记得他滴酒不沾。

家族大树的其余枝干都被酒精浸润，这些回忆不像外公那部分那样模糊。一个阿姨在感恩节晚餐上把脸埋进土豆泥里睡着了，另一个对康胜啤酒钟爱有加，我到现在都记得那酒的麝香味和酒罐的冰凉触感。大部分男性就像所有得州男人那样喝酒，我想应该差不多，这意味着他们是硬汉，能一直喝到喝不下去为止——这种酒量常常招来厄运的阴云，重则破产或自杀，轻则背叛失和。我父母都爱在社交场合喝上两杯，他们避开了上述悲惨结局；在战后得州市郊的鸡尾酒会上，他们三天两头地喝酒，但算不上夸张。

十三四岁时我在一场通宵睡衣派对上初尝酒味，那一刻似乎就能预见我将与家族里的反面人物为伍。年轻的女主人用苏格兰威士忌和健怡可乐调制毒液，别的姑娘喝到神志不清或昏昏欲睡就够了。我却灌了六杯，跳上餐桌跳舞，朋友们早已在周围乖乖睡去。我即将步入青春期，却仍是个关心数学作业胜过关心男孩子的害羞姑娘。我不怎么勇敢，也没有太多不快，但是酒精触动了我体内的一个开关，此前我从未意识到它的存在。

高中时，我就因海量而闻名。一个好朋友告诉我一个有关我的传说。"'考德威尔是镇上最费钱的约会对象，'"他引述其他男孩子的话，"'她能把你喝趴下，自己却保持清醒。'"毫无疑问，我爸爸会认为这体现了性格的两面性。在我最初的记忆里，他会在一天结束时，用水晶玻璃杯装上一杯波旁酒加可乐，这种混合而成的魔药似乎让他的幽默更为自如，嗓音也柔和了些。等他改喝波旁酒和他所谓的溪水时，我已经成了得州那个男子气十足的小镇上一个聪明的野丫头。反抗父亲的同时，我也在效仿他。青春期的叛逆稀松平常，威士忌带走了它，为其镀上金色的光芒。十六岁时，我有了一张假身份证；自二十一岁生日起，我开始日日饮酒。那时，我已经混完了大学，经历了反战运动，尝试了各种我所能见到的毒品和反叛行径，但晃动的钟摆总是回到酒精的甜言蜜语里。每当我回到阿马里洛的家，我父亲总会在酒柜里摆上苏格兰威士忌和波旁威士忌，然后告诉我要自我约束——得州饮酒礼仪的典型骗局，告诫你喝酒要像个男人，举止要像个淑女。“有两件事男人无法容忍，”头几轮酒下肚后，父亲沙哑的嗓音里充满了自鸣得意的智慧，“女人鞋跟圆[1]，还有女人喝太多。”我

1 鞋跟圆（round heel），俚语，意为滥交。——编注

们都明智地点点头，我会让他解释第一点。他会伸手作势一推，然后摇摇头。由于他一直羞于解释，好多年里，我都以为鞋跟圆是指没骨气。

不过我想他早就料到酗酒会成为我的问题。他知道这一点，因为我一看见酒就心花怒放，因为他也有这种黑暗的钟爱，但他设法封住了喷泉的源头。如果说父母两边的亲戚半数都对酒溺爱有加，那我往往只能一笑了之，因为我无力想象后果。我的亲戚们也有能健康活到九十多岁的体质，在否认的演算法中，我用这种长寿来抵消我们的痛苦。“在我们家，”我经常说，“如果你没被酗酒和自杀逮到，就会长命百岁。”

说这话时我手里通常拿着一大杯威士忌。（“可你总是只喝那一杯。”我姐姐说。在我戒酒几年后，她试图拼凑起马赛克般的往事碎片。“是的。”我说，“而且杯子总是满的。”）我的好酒量让我多年来豪饮不断却运转正常 —— 我靠着私藏的苏格兰威士忌熬过了研究生的大部分阶段 —— 我营造出一个徘徊于悲伤与释放之间的形象。自我感知是为了满足需要而构建的：酒精如同强制生效的灵丹妙药，我搭建了一方舞台，令它的出场合情合理。我是敏感的女主角、命运不济的幻想家或激进的波希米亚人 —— 我是哈姆雷特、伊卡洛斯[1]、伊迪丝·华顿[2]笔下的莉莉·巴特。上帝不许我直面自我：一个心怀恐惧的酒徒，走在成为无名小卒的路上。

1　伊卡洛斯（Icarus），古希腊神话中的人物。伊卡洛斯与父亲代达罗斯利用蜡和羽毛做的翅膀逃离克里特岛，由于飞得太高，伊卡洛斯翅膀上的蜡被太阳融化，因此坠落海中丧生。—— 译注

2　伊迪丝·华顿（Edith Wharton，1862—1937），美国作家，莉莉·巴特（Lily Bart）是其小说《欢乐之家》（*The House of Mirth*）的主人公。—— 译注

这种自我实现主要发生在 20 世纪 70 年代的奥斯汀，当时满大街都是可卡因和威士忌。我有意无意地混迹于那些像我一样喝酒的人当中。他们有的改过自新，有的死去；一些人回归平静，长大成人，满足于一杯马天尼而不是七杯。面对我们这一代的集体成年危机，我的做法是搬到东部，不知天高地厚地想要成为作家——当然了，按照神话，这是重塑个人生活的方式。离开得州时，我那辆破沃尔沃的后备箱里有两夸脱威士忌，我想它们足以应付随后五天的旅程。我在纽约有几个朋友，在我要去的大波士顿，我认识两个人；无论多么害怕，我知道自己落脚的地方总会有一家酒铺。那时我已经三十岁了，我发现酒瓶里的勇气能帮你穿过各种各样的门，挺过各种各样的困难，熬过许多没有出路的孤独夜晚。

在 20 世纪 80 年代早期，人们纷纷离开东北部，去往工业环境和气候更宜人的阳光地带。有人警告我说，新英格兰又冷又暗，待人不善。更令人不安的真相是，我没有工作，没有住处，没有足够维持一年的积蓄。我的写作履历包含几封知名杂志的退稿信，我的自信来源于教授们态度生硬的鼓励。可无论外部的脚手架看上去多么脆弱，我都猜想我在努力拯救自己的生活，而不只是迁移。我是看着得州潘汉德尔那绵长而禁锢人的地平线长大的，后来我怀着极度恐慌跳出了故里；离开很久以后，我才发现自己有多爱那地方。如果说分布着油井、教堂和畜牧场的保守的阿马里洛承诺了一种乡村生活，那么多年来我都在挑战我的家人恪守的每一条格言。十年后，我必须以同样果决的姿态离开奥斯汀，抛下我热爱的以及我害怕的、正在杀死我的一切。

面对即将展开的生活，我虚张声势又惊恐万分，不知自己将会跃起还是跌落。在奥斯汀的最后几年，我在大学教书，假装准备博士口语考试，内心却引导我走向写作生涯的水畔——一座由力量和慰藉构成的内心密室，它的影响令我无比震惊。我住进一栋南方老宅，占据了其中几个房间，那儿有十英尺高的天花板和浇铸玻璃窗。夜里我坐在打字机前，备好一杯威士忌和一包云斯顿烟。某晚在酒精生效前，我写了一些令自己很是兴奋的东西——我已经记不清是什么了——我从椅子上一跃而起，站着继续打字。也许每个年轻的准作家都有过这样的时刻，被一种澄澈的欣喜鼓舞着前行。可现在我认为那一刻如此关键，甚至是浮士德式的：琥珀色的灯光，嗡嗡作响的打字机，充满渴望与喜悦的年轻女子。写作是生命的力量，而威士忌是草丛里的蛇。我尽我所能，二者皆要。

年轻与自负可以成为抵御酒精灾难的像样武器，只不过时效甚短。我继续工作，每天早晨朝脸上泼凉水。我一圈圈地游泳来抵消酒精的影响，然后又喝酒毁灭游泳的成果。好几年里，酒精是我的精神慰藉——如圣杯般确定无疑能带我穿越一切——遮掩了宿醉的痛苦和对自己深陷麻烦的恐惧。我有一个随身携带的银质小酒壶，装满了威士忌以备不时之需；我以为只要伪装得当，就能逃离现实。酒精磨平了尖锐的棱角，我试图用咖啡、蛋白质和五毫克利眠宁来减缓失落，平衡等式。我是一台运转良好的机器，平均分 4.0，无人知晓真相。至少我是这么认为的。

我为什么喝酒？戒酒几年后，当心理咨询师询问我时，我觉得那是我听过的最可笑的问题之一。人为什么**不**喝酒呢？我不想伤害他的感情，于是耸耸肩，尽我所能地真诚作答。“**因为，**”我略带不屑地说，“整个世界都会化为金色。”听见自己大声地说出来，我意识到正是在那炫目的色泽中，麻烦初露端倪。

多年来，一些专业人士为解决这个问题做了乏力的尝试。在 20 世纪 70 年代的得州，“药物滥用”甚至还不算个短语。研究生阶段的最后两年，我找到一位和蔼的女心理学者探讨工作和感情导致的寻常压力，至少我是这么想的。比如，我的学术项目要求甚高，我刚跟某人分手，我难以入睡。我们一起吃着米兰饼干，笑谈生活的艰难。“我觉得我喝得太多了，”有一天我说道，“我每天夜里都要灌五六杯威士忌，也许我应该去沙洲湾报到。”沙洲湾是奥斯汀的精神病院，人们去那儿戒酒。我曾为之工作的一个律师（他教我如何喝威士忌以及吃生蚝）当那里是温泉疗养院。“他们不会收你的，”我那可爱的、从不与人对抗的心理治疗师说，“你看上去太健康了。”

她的意思是，我仍能站立，仍能高速运转，没什么足以显示问题的外部灾祸：醉驾案底、婚姻破裂、职业困境。同一年，我去找一个男性内科医生做例行体检，他不怎么亲切，有些迟钝。他问我喝了多少酒，我说每晚大概四杯。我没有意识到医学界的经验法则，如果病人对某类物质的消耗可疑，那就将其承认的数量翻倍。“你可得小心，”他拒绝直视我的眼睛，说道，“没什么比年轻女子饮酒过量更不体面了。”

这种愚昧助长了我的酒量。那时我快三十岁了，已是反主流文化和妇女运动的老手。我坚信饮酒是开启新一天的必要条件，这就是像我这样的女人存活于世的方式；酒精是高敏感神经的麻醉剂，也是创造力的润滑剂。另一个事实则更严酷。酒鬼——我没法不带着羞耻和恐惧想到这个词——那些把自己灌醉、逼进死角的破碎之人，他们唯一的出路就是戒酒。这场景我无法想象，一间灰灰暗暗的屋子，没有快感，没有放松，甚至没有变化，所以多年来我一直坚持着我所谓的酗酒和饮酒过量之间的界限。每当我吐露内心的恐惧，都得以幽默感、男子气概或满不在乎的叛逆为幌子。"我担心要是戒了酒，我就不再有趣了。"我漫不经心地对奥斯汀的一个护士朋友说。她父亲在一把被啤酒罐环绕的椅子上坐了几十年，最后死于酒精中毒。"别这么肯定，"她对我说，"日复一日，无聊是所有酒鬼的归宿。”

一开始就忠于问题源头的人听不进这样的警告，至少在他们拖着自己穿过几英里的碎玻璃之前不会。以最温和、最无害的方式提供帮助——若酒鬼真有此幸——并非直接破门而入。否则，我也许已经连夜搬走。我不需要帮助，我需要安心。也就是说，我需要一种安慰，不管它是多么短暂或虚假，那就是我能永远喝下去并被从轻发落。这就像那则老笑话，一个人流落荒岛，精灵能满足他两个愿望。那家伙要了一瓶啤酒。精灵马上办到了，并告诉他酒瓶永远不会空、永远是冰的，而且他还有一个愿望能实现。为确保万无一失，男人对精灵说，你最好再给我一瓶。

〉〉〉

当我还年轻勇敢、渴望冒险时，我来到了东海岸。几年前，我首次踏足纽约时就已成年，那座城市一如既往地献上灵丹妙药。我在幸福的眩晕中走过了八十个街区，从古根海姆博物馆到格林威治村。我站在街角，身旁是飞舞的雪花、成群结队的出租车，以及所有我从小到大在影视屏幕上见过的流行文化标志。想到这些都是真的——你能走进这鲜亮的场景，成为其中的一分子——令人自觉谦卑，足以改变人生。我去了纽约现代艺术博物馆，毕加索的《格尔尼卡》（*Guernica*）当时还保存在那儿，我在楼梯上转过身来初次目睹它时，不得不紧紧抓住栏杆。无论我自诩多么见多识广，在成长过程中，目光所及皆是麦田和乡村，艺术多半只属于书本。身处曼哈顿就像是一头扎进你自己的生活，或是发现你会飞翔。转身离去则如同未曾抓住机会的失败。

剑桥自有其更为内敛的魅力。第一次到那儿时，我去了奥逊·威尔斯电影院，享受了艺术纪录片和卡布奇诺咖啡机。我穿着破旧的皮夹克在哈佛园里闲逛，努力像个当地人那样途经各处——我自觉找到了一处比我那忧伤心灵范围更宽广、更引人入胜的所在。也许这是年轻时惯有的感觉，兴奋抑制了恐惧。但现在回望，我看见自己如同阴影撞上亮光。亮光竭尽全力想要获胜，而我相信计划的一部分就是离开得克萨斯。

在新英格兰的第一个夏天，我跟另外六个人住在一栋杂乱无章的三层楼里。住户包括一个医生、一个物理学者、一个舞者和几个木偶制作者。不知怎的这一奇妙的阵容认为我别有味道——我敢肯定，部分是由于我仍在努力摆脱的那个酒鬼形象。我穿着靴子，一副阳刚的神情，壁橱架子上的棕色纸袋里存着两瓶威士忌。室友们似乎被我这个慢吞吞的得克萨斯人逗乐了，我入侵了他们文雅的反主流文化圈子。我在那儿最亲密的朋友是跳舞的杰姬，她会为一次平常的外出精心打扮自己，戴上仿豹纹帽子和粉色长筒手套；每晚在餐桌上，她描述这一天的开场白都是：“首先，我起床了！”我们互相欣赏，对我的悲惨女主角而言，她是富有革命性的乔伊丝·布拉泽斯博士[1]。家里举行夏日派对后的第二天下午，我们四肢舒展地躺在后院交流心事。我的宿醉比平时更严重，出于一时的

1 乔伊丝·布拉泽斯博士（Dr. Joyce Brothers，1927—2013），美国心理学家、专栏作家、电视名人。——译注

坦诚，我说了出来。杰姬除了是个舞者和怪人，还是个护士，她在医学战壕里工作过，目睹了六七十年代的心灵创伤。我们闭着眼并肩躺着——同类互相分析的姿势——她冷不丁地说:“你是个酒鬼吗？”

这问题那么温和，仿佛在问我是不是双鱼座。我很吃惊，于是老实作答。“我不知道，”我告诉她，“我只知道我心理上依赖它。”

在随后三年的饮酒岁月里，这次交谈不时在我意识中盘旋。杰姬敢问我一直回避的事，我的回答让另一个人进入了那个充满恐惧的房间，哪怕只是短短一瞬。几个月后，我沿着街道搬到了一个阁楼上，那地方有我梦想生活的所有浪漫基础，也有我原先想抛弃的所有阴冷角落。杰姬有先见之明，也很善良，她理解这种黑暗，在我身陷其中时待在一旁。我勇敢地穿行于波士顿的街道上，接下一些自由撰稿人的活儿，回家边灌酒边在阿德勒打字机上反复敲打。我养了一只小波斯猫，给他起名叫达希尔·哈米特[1]。我喝酒时，他坐在我的枕头上，大大的眼睛目睹了我醉酒后的踉跄步履和深夜昏睡，而我无法独自承受那些。波士顿的先锋报纸《凤凰报》请我做固定撰稿人，我趁着清醒在晨光中写专栏。就算我是个酒鬼，我也是个完美主义者——我相信这两种特质最终会互相抵消。我从医生办公室里偷拿了一些关于酗酒的小册子，手拿一杯波旁酒做完了二十个问题的测试。在 20 世纪 80 年代早期，这些问题仍旧基于传统社会对女性的设想。有一道令人难忘的问题是："你的丈夫和孩子曾对你酗

1 达希尔·哈米特（Dashiell Hammett，1894—1961），美国侦探小说家。——译注

酒表示过担忧吗？”我狠狠地勾了“没有”的选项。没有丈夫，没有孩子，没有担忧。

更加迫在眉睫的真相是，所谓的解放——飞离得克萨斯，棕色纸袋里的威士忌，重塑生活——正暴露出它失控的恐怖本质。我接受一个内科医生的建议，去见了一个专攻药物滥用的心理治疗师和催眠师。他让我像看牙医那样坐上一把活动靠背椅，每次他催眠我，我就开始无声地哭泣，泪水滑落脸庞，浸湿我的头发。这本身表明有些深藏的悲伤正试着自我释放，可催眠师似乎觉得厌恶疗法会管用。他让我在接下来的一周里尽己所能地回家喝酒，然后给他带一夸脱威士忌作为下次治疗的费用。

我想正是我的软弱——酗酒，沉闷的恍惚——阻止我逃离这奇怪的环境。我去了好几周，期待他能击中神奇的开关，结束我陷入麻痹的依赖。有一天，他微笑着走进房间。他告诉我上周他服了致幻剂，眼前出现了我的幻象，现在他知道一切都会好起来的。他继续描述他相信的存在于我们之间的性迷恋，还小心地指出这种迷恋永远不会转化为行动。“如果按照从一到十的标准，”他以愉快的口吻坦白道，“你大概能得九分。”在让他确信这种用数字呈现的感情只属于他一个人之后，我逃走了。最后这次治疗过于奇特，我没有支付他寄给我的账单，也没有回复他满纸怨言的信。我思考了好几年他可能造成的危险，或至少是他带给我的挫败感。

我的理智和自尊不准我醉驾，或是垂头耷脑地示人，于是我的世界越来越小。我冲向大门时撞青了上臂；扭伤脚踝后，我把两个塑料袋系在拐杖扶手上——一个装着冰，另一个装着一壶波旁酒——带着我的随身酒柜，一瘸一拐地从厨房走向书桌。一天夜里，我突破了这些业余水平的小事故，摔了一跤，结果进了急诊室。在某个莱昂纳德·科恩[1]般的忧伤时刻，我手拿一杯苏格兰威士忌站在浴室的镜子前，突然不堪重负地瘫倒了。我横着身子倒在浴缸上，撞断了四根肋骨。那是凌晨 4 点。即便理智被否认苦苦纠缠，我也知道这不再是所谓的社交场合喝两杯了。

文化时空的限制——关于得克萨斯和它的男性饮酒文化，以及对上瘾的偏狭理解——总是告诉我，酗酒行为无可救药、必受谴责。如同我父亲所说，只有

1 莱昂纳德·科恩（Leonard Cohen，1934—2016），加拿大歌手、诗人。——译注

在某些方面被击垮或是生性软弱，或是没有毅力挺直腰板、走上正道的人才酗酒。这种说法往往忽略了那些深陷酒瘾困境的人所忍受的内心挣扎——对酒的欲望试图掩盖求生的光芒。每天早上带着对又一晚失败的悔恨醒来，我咽下恐慌，发誓这一次，就今天，我只喝四杯。我会换喝伏特加，或是去看电影，或是打电话给如今住在纽约的杰姬，告诉她情况有多糟。磁带会播放一整天——勇气 / 恐惧，决心 / 欲望，讨价还价 / 投降——然后我猛地打开冰箱找到冰块，浑身如释重负，整个过程又开始循环。

这种无尽循环最糟的心理后遗症是持续的背叛感。每天我都立下契约不再喝酒，每到晚上八九点，我就再次毁约。那腐蚀如同滴水穿石，缓慢而持久。我有幸继承了父母双方的力量，我拥有母亲的独立和父亲坚定的决心。我还有基于三十年良好结果的自信。可这个对手比我过往面临的任何挑战都更冷酷、更强大、更顽固。最后一年，僵局被打破。实际上，我梦见自己跟一瓶杰克丹尼威士忌待在拳击场上，我被打得稀巴烂。十几年来，我与上天讨价还价，以便能保住酒。如期完成工作，喝一瓶。接到写作任务，喝一杯。一天结束时，我对所写的东西越满意，给自己的奖励就越丰厚。

身为作家，我追寻那些我认为能替酗酒开脱的故事，这也许可以解释我如在悬崖边游走的行为。我原本计划在摔跤后的两天去新罕布什尔州华盛顿山山顶的气象台采访，那是个犹如月球一般的前哨站，天气差得号称世界之首。因为断了肋骨，我推迟了六周出行。2 月，我坐了三小时大巴前往位于山脚下的新罕布什尔州的戈勒姆，我的肋骨上还缠着绷带，行李里装着止疼片和两夸脱威士忌。我们于下午 6 点离开波士顿，大巴向北驶入黑暗中。我带着疼痛的肋骨和止疼药坐在那辆凄冷荒凉的大巴上，吃着我为旅途准备的寡淡的小火腿三明治，努力不去想自己所处的可怕境地。到达终点戈勒姆时，除了我，车上只剩下一个乘客；那人看起来令人不寒而栗，他瞄了瞄我，似乎想跟着我。我下了车，拄着拐杖穿过冰面，来到当地旅馆；一进房间，我就灌下八盎司波旁酒。第二天早上，履带式雪地车来接我和两个地质学家上山，我更担心的是藏在背包里的玻璃酒瓶，而不是自己骨折的身体。

有意无意地，气象台成了我这个酒鬼与世隔绝的天堂。气象学家习惯了动辄被恶劣天气困在室内好几周，他们有充足的酒精储备，还有成加仑的番茄酱和工业标准规格的调味料。两个室友给了我一间玻璃外墙的办公室，可以俯瞰华盛顿山的峡谷。晚上，我们会聚在一起做做饭，喝几杯。他们凌晨 5 点上早班，所以每晚 8 点，我就能躲回床上去找我的波旁酒瓶。每天夜里我都在瓶身上划一道，确保酒还够喝。

接下来的几个月是肾上腺素和恐惧的混沌交织，是维持假象的垂死挣扎。我计划写一篇波士顿之光[1]的报道，那是美国仅剩的几座有人看守的灯塔之一。我要在波士顿港的小布鲁斯特岛上同灯塔看守人及他的狗一起过夜。早晨，海岸警卫队开着俗称“香烟船”

1 波士顿之光（Boston Light），英国殖民者于 1716 年在美国波士顿港口附近的小岛上建起的一座灯塔，数百年来几经损毁和修缮，如今除了承担导航职责，也是波士顿著名的观光景点。——编注的小快艇来接我去岛上，我还在打酒颤。船上有三四个可爱活泼的小伙子向我炫耀武器和引擎。我不想让他们看出我有多紧张和难受，就采用老一套的得州伎俩提升赌注。“那么，”我问他们，“你们能让这玩意儿开多快？”他们先是冲我咧咧嘴，然后相视一笑，以大约六十英里的时速带我穿过港口。我踏上小岛时脸色惨白，不过他们觉得我够强硬——至少我认为他们觉得我够强硬——对我混乱的自我意识来说，那才是关键。

可灯塔看守人知道。至此用以掩盖问题的自尊已残破不堪。我们一起待了一下午，我上楼在二十分钟内喝下六盎司伏特加，然后重新出现在厨房里看他给我做T骨牛排。岛上就我们两个人，他大约三十五六岁，是个高大魁梧却腼腆害羞的家伙。那天晚上，我们坐在他明亮的厨房里喝着百事可乐，吃着牛排。他似乎无缘无故地给我讲了他几年前戒酒的故事。我微笑着点点头以示同情。为了不让他闻出来，我喝的是伏特加，可他知道。第二天早上，宿醉未醒的我强迫自己头晕目眩地爬上九十英尺高的塔顶。我边走边数着步子，好把数字写进报道里。有人说酒鬼没有意志力，他们根本不懂。

我逞强好胜，不断重新校准我的燃料和虚假外表。可我现在知道是写作抛了一根绳子给我，让我把自己拖上岸：一个能继续饮酒却无法写作的世界，这种设想比没有酒的世界更让我难以忍受。在备受煎熬的最后几个月，我开始发现夜半醉酒时我写给自己的字迹难辨、令人费解的笔记。白天清醒时，我的文字至少清晰可辨，而这些来自暗黑处的笔记，就像在豪华酒店里撞见一个昔日风光无限的前百老汇荡妇。我那时三十三岁，就悲剧性的衰落来说似乎为时过早，无论那折磨人的浪漫神话曾如何驱使我前进。这些年来我搭建了一座被酒精浸泡着的名人堂，里面的作家都把自己的才华和威士忌酒瓶拴在一起：福克纳、海明威和哈米特（显然，我心中的参照物大多是男性）。在这个自言自语的故事里，我轻易地忽略了拆穿谎言的尾注：福克纳的自制力，哈米特的长期清醒，海明威的猎枪。威士忌并未助长创作的火焰而是将其熄灭，有时是一滴一滴的缓慢过程。

我理想中实现作家梦的那间阁楼在一条树木成荫的城市街道上，三楼，没有电梯。我的打字机放在公寓的前厅，我能透过前窗仰望屋顶和新英格兰的天空，俯瞰人们各自生活的街景——邮递员、遛狗的和似曾相识的陌生人构成了都市生活的画布。一个冬日下午，我因为肋骨骨折出不了门，我一心只想走去酒铺买一瓶波旁酒。我站在那儿看着窗外雪花飞舞，内心被梦想与现实的差异攫住了：我千里迢迢来到这里，没有工作，没有家庭，没有支撑，一心想成为一名作家；现在我困在三层楼上自己的小牢房里，与楼下的人们完全隔绝，等待一天结束时能喝上一口。我这些年来的自由落体状态已经终结，恐惧变为绝望，我再也无法承受。

胜利的故事往往很简单。有一次我听见"匿戒"里的一个男人说："我醉了，情况更糟了，我来了这儿。"到了春天，我报名参加了我的剑桥健康计划中的酗酒教育课程。那儿有个名叫里奇的随和的高个子，他比我大几岁，每周都会谈论酗酒的危害。我想他是个傻瓜。下课后回到家，我倒上几大杯波旁酒，为他的话感到烦心。他太高、太好心、太老土。显然哪儿出了岔子，医学文献遗漏了一类人：前途光明却钟爱威士忌的悲剧女主角。下一周我又会步履踉跄地回去继续上课。

我那和蔼的老师做了两件非常珍贵的事。第一，他似乎对听众毫无所求，他从不吓唬我们，也不逼我们保持清醒，甚至都没要我们再去。第二，他用类似佛教的方法诠释如何脱离酒精继续生活，我读过的任何小册子都不曾提及这一点。饮酒期间，我以为滑入酗酒的深渊是确凿无疑的失败——你已经输掉了这场战斗，无法挽回。我想自己顶多只能期待一种摇摇欲坠、忧心忡忡的凄凉生活。里奇只同意战斗的部分，但不包括其余的。他在最后一节课上告诉我们，“匿戒”的概念是投降。我翻翻白眼，这话我以前听过。他继续说，投降——决定放下武器，离开战场——是一种夺回你所有力量的方式。

荧光灯柔和了一些，我和其他心存疑虑的人待了几周的阴冷教室释放出希望的气息，虽然转瞬即逝。我意识到他在说什么：这是古老的神话般的斗争，它定义了各个时代的英雄主义。不知何故，那天夜里，戒酒的概念第一次有了一丝革命的色彩——这意味着拯救生命，反主流，甚至勇敢无畏。那晚我想，戒酒却**不失酷感**，也许是可能的。一个惊恐的年轻女子花十年打造了一副流行铠甲来掩盖酗酒行为，戒酒对她来说无疑是激进的。

当然，他救了我的命。这个心存怜悯的低调男人，跟“酷”丝毫不沾边，但却尽心尽力地帮助别人。我放下了满怀轻视的防备。一天下午下课后，我去见他，明面上想聊聊我那大家庭里的酗酒问题。尽管那天我冷静清醒，后来却几乎记不起在他办公室的一小时里发生了什么。我知道刚进去几分钟我就垮了，倍感恐惧地说：“我想我喝得太多了。”余下的回忆被洗涤一空，直到差不多一小时后，他起身冲出去替我安排下周的戒酒治疗。几个月后，我问他那天的情况以及我说了些什么。他见过这种危急关头的失忆症，于是笑了笑。“大部分时候，”他对我说，“你想让我相信你不值得拯救。”

这话如今依旧像当年那样让我震惊。我紧握住若隐若现的自尊，以为是它将我带去见他的。但是酒精以及随之而来的绝望与疲惫压垮了我，让我的斗志消失殆尽。那天我回家替《村声》（*Village Voice*）赶一篇快截止的稿子，然后开车去了附近的酒铺，希望这次买的将是我最后的存货。我买了一夸脱杰克丹尼和一夸脱尊尼获加红方——把做自由撰稿人的收入挥霍一空。“你要礼盒吗？”天真的收银员问我。“当然，”我对她说，“为什么不？”三天后，我把剩余的酒倒进了水槽，在宿醉中摇摇晃晃地走进里奇的办公室，迟到了半小时。我去赴的是一个能让我重新开始的约会。

那是1984年夏天，“匿戒”尚未被社会秩序接受——它还没登上新闻周刊的封面，其口号还没成为汽车保险杠上的贴纸，名人的赎罪忏悔也还属于未来。在我喝下最后一杯酒的前几天，我带着当地集会的日程表偷偷溜进剑桥的会场，坐在后排的位子上抽泣。一个嗓音轻柔的优雅女士用手肘碰碰我的肋骨，低声说："别担心，这只是生化反应。"我精神一振：这寥寥数语，听似不经意却干脆利落地回答了我生活中最大的问题。我离开那儿，回家走向尊尼红方，第二天夜里又回去，隔天又去。周一上午即将过去，我按计划回到里奇的办公室获得令我新生的教学大纲。在那之前我已经喝完了苏格兰威士忌，以防万一又喝了许多波旁威士忌，然后拖着一酒吧的空瓶子走到街上。

由于"十二步疗法"尚未渗透到文化中，我参加的集会显得秘密又艰苦，大部分都在教堂的地下室里举行。它有种难以言喻的浪漫色彩，如同背负罪名的共济会会员。研究生期间，我沉浸在一些作家的回忆录里，他们于 20 世纪 30 年代加入共产党，偷偷前往各处参加小组秘密会议，抽着烟高谈阔论，坚信自己能改变世界。我总是很羡慕他们狂热的专注。某个夏夜，我穿过波士顿公共绿地去一个教堂的地下室，空地上挤满了正要前往某处的人。多年来我感觉自己置身于这些人流之外，他们正奔向那些似乎已经实现了的生活时刻。现在我了解了更深刻、更多样的真相：人群中有一些人正要去参加“匿戒”。这教育来之不易却十分精彩，我意识到生活总想告诫我们，我们眼中的世界只不过是公开的版本。而地下王国，无论是教堂、病房还是烟雾缭绕的地下室，都支撑着余下的部分。我抓住一把万能钥匙，找到了进去的路。

几年前我在奥斯汀认识一个人，她参加了“匿戒”，让生活重回正轨。但是没人告诉过我，那些集会是多么嘈杂有趣。我走进放着折叠椅和咖啡桶的破旧房间，人们用杂货店买来的饼干解糖瘾，拿旧金枪鱼罐头做烟灰缸。酒鬼的人民法庭！“匿戒”跨越了我曾想要突破的每一条阶层界限。那里有穿着西装的男人、说话强硬的蓝领女工，还有地铁上那些会被你忽视的怯懦灵魂。有些家伙看着唬人，可一旦开口，你就想永远给予他们支持。他们讲的故事是悲惨的、骇人的，有时也很深刻。大部分情况下，至少到目前为止，他们的结局都比你设想的许多生活要快乐。我跟一个漂亮年轻的女人成了朋友，她是个艺术家和电影制作人。集会期间，她把泡沫塑料杯都撕成了碎片，她这么做了大约一年，而我在她身旁一支接一支地抽烟。她还是个少女时就发现了神奇的手持燃烧弹里装的是酒精，她刚以优异成绩从哈佛毕业，差点把自己喝死。有好几年我们一起坐在集会的前两排，幻想我们是剑桥

“匿戒”里的“末路狂花”[1]，直到工作把她带去纽约，她属于那儿。伊丽莎是个表面强硬、内心温柔而深邃的女人，她一走进房间就能降低我的血压。她也是通过那位慈善戒酒顾问找到了“匿戒”。多年来我们自称是“里奇·卡普兰女子精修学校”的毕业生，我们在那儿学会了谨慎的礼仪：如何避免一口气喝光一夸脱威士忌，或者干脆不喝。

我曾以为这故事很糟——可耻、激烈、悲伤。我不再那么想了。现在我觉得这是人性，所以决定说出来。这些年我听到也淡忘了许多关于酗酒的至理名言，尤其是在里奇办公室里最初那模糊混沌的一小时。不

1 《末路狂花》（*Thelma and Louise*），女权主义电影代表作，影片的主人公是一对名叫塞尔玛和路易丝的女性好友。——译注

过我始终记得，那天当我想到自己陷入酗酒的深渊、被恐惧和羞耻掩埋时，他说了一句话。他问我为什么如此害怕，我哭着告诉他最先在我脑中浮现的事:“我怕再也没有人爱我了。”他靠向我，脸上挂着善意的微笑，双手紧握在身前。“你不**知道**吗？”他柔声说，“我们爱的正是缺点。”

五

戒酒的一些效果立竿见影、出人意料。我打扫屋子，每天游一英里，巩固刚培养起来的对糖的喜好。我参加了几十次“匿戒”集会，夜里失眠了就看成堆的小说。我成了当地一名文学批评编辑。上班的第一天，我遇见了马修，他高大温和，声音浑厚，我们成了好朋友。他仿佛是我人生中第二次机会的化身——跟他在一起，世界从障碍赛道变成了游乐园。马修和我常常在办公室里坐到深夜，边抽烟边阅读一堆乱糟糟的投稿，而雪花在窗外飞舞，俯瞰着麻省大道。六个月后，《环球报》雇我做书评助理。到新闻编辑室的第一天，同事们送我一瓶香槟。这份好礼令我恐慌，那天夜里我把它放进汽车的后备箱里，就好像它是钚元素，随后在回家路上把它扔在了朋友家。1985 年，新闻编辑室仍然享有豪饮之家的美名，而我刚刚学会这种技巧：一天结束时滴酒不沾就能按时完成任务。一天夜里，我询问一个书评同事交稿后怎么让心情平复。“哦，我回家喝几杯威士忌，再来两片利眠宁，”他告诉我，“那对我挺管用。”我又点上一根烟，交了手头的评论，然后去参加“匿戒”集会。

自我养成：戒酒的第一年，我在“匿戒”集会上听见一个女人描述她日复一日地跟酗酒带来的无聊与绝望谈判。“我会出去过我的日子，”她说，“等一天结束时回家喝上六瓶啤酒，让一切烟消云散。这就像是每天早晨在黑板上写满字，到了夜里再把你学到的全都给擦了。”

这故事如同咒语，又像是解释，令我念念不忘。酒精是我通往繁星的捷径，而没有无须付出代价的捷径，在酗酒的岁月里，我哪里会明白这些。酒精减缓而非解决了问题，它混淆了某个倒霉日子的教训或是庆祝，或是任何构成经验的渐进的龟步。多年来为了能喝酒，又不被自己造成的心理创伤逼疯，我创造了一种沾着威士忌的诡计，美化了荒诞的假象。现在我已放下了道具，虽然这很可怕，却也有点像释放了一个氦气球。我从未想过世界如此轻盈，飞翔依靠的是内在的推力。

不过，我在火中的行进并非一夜之间戛然而止。戒酒两个月后，我向《环球杂志》（*Globe Magazine*）提议写一篇关于大西洋城阴暗面的文章。我去了那儿，熬了大半夜玩 21 点，凌晨 3 点在赌桌上喝着苏打水，而女招待正给其他赌徒猛灌免费酒精。我在“匿戒”的担保人说这种做法无比愚蠢，可我却安然无恙地回了家，尤其是当我目睹了黎明前徘徊在赌场的残骸后。尽管随后几年我对这种逞英雄行为的需求逐渐减弱，但仍害怕别人发现我是个酒鬼。某个层面上我仍相信，那些在社交场合喝酒的人，能进入一个充满闪亮快感的零风险私人俱乐部，而我永远被禁止入内。

这对酒鬼而言是个危险的迷思，尽管我想我们都有各自的版本。正如老掉牙的盖茨比情节，从窗外的街上打量，窗内的光线总是更加迷人。这是普遍的渴望公式。老天，我真的渴望：渴望波旁酒，渴望伴随它的杂志广告中的生活，渴望从一开始就点燃酒瘾之火的那种难以寻获的金色安慰。某晚我参加的一个豪华晚宴堪称此类典型：雅致的房屋、书房里的吧台、餐桌上貌似惑人心智的谈话、源源不断的葡萄酒。我是唯一不喝酒的人，在灌进一肚子巴黎水后，午夜时分我上了自己的车，然后就垮了。我泪流满面地给一个朋友打电话，他是个深夜 DJ，凌晨时总是醒着。“那些人无关**紧要**。”他对我说，“你比他们更强大、更优秀。”一年前我考虑戒酒时，正是他细致而耐心地做我的听众。“我担心如果戒了酒，我就会成天沮丧、焦虑，而且无聊。”我告诉他。“好吧，也许你会，”他实事求是地说，“你唯一可以肯定的是，你再也不会醉得那么厉害了。”

过了一段时间，“不再醉得那么厉害”成了我的心愿。我学会了在酒精泛滥的社交地带游移自如，有时还能完全避开。随着时间的推移，一度充满魔力的生活不再那么令人艳羡，甚至变得怪异。我知道一些本质的东西已经改变了。某晚在波士顿市中心，一位名人来访，我是欢迎团成员。我们在丽思卡尔顿酒店见面，其他所有人——全是男人——都点了两杯波兰伏特加和双份苏格兰威士忌。我冲侍者微微一笑。“你们有什么牌子的瓶装水？”我问。侍者帮我们下单后，那位名人向我投来轻蔑的一瞥。“你不**喝酒**？”他说，“多无聊。”

“我可不觉得。”我反唇相讥。我并未觉得自己是个在众目睽睽下喝苏打水的脆弱女人，而是惊讶于这个男人的无礼。我再也不在乎他或别人怎么想了。

卡罗琳和我成为朋友时，我们各自都已摆脱了与酗酒如影随形的孤立感。她戒酒两年了，还在努力稳住阵脚，尤其是要面对《酩酊》一书带来的曝光度。有些宣传既可笑又折磨人：一家电视台的新闻节目试图把采访安排在酒吧，问她能否对着镜头哭泣。我身后有长达十几年的戒酒集会和戒酒经历——我们都是在三十三岁时戒的酒——我清楚地记得一开始如初生马驹般重塑生活的努力。尽管卡罗琳在许多方面通过曝光保护了自己，我却选择了相反的途径，只有密友和亲人才知道我经历了什么。我不想让她的真诚左右我的坦白，因此在友谊发展了几个月后才告诉她实情。

一个秋日下午，我坐在她的客厅里说：“有些事我要告诉你。”她表现出担忧——**我做错什么了？**——看着她不安的样子，我微笑说道：“这可能不会让你意外，但我已经十二年没碰过酒了。”

她脸上露出宽慰与惊喜参半的表情，那种拉近彼此联结的“哦，我的天”的微笑。几个月后，我们谈起几年前初次见面的那个晚上，当时我俩在派对上被强推给对方。她不知道那时我已经戒酒好几年了。“我记得你有多害羞。”我说。她嘲笑她对我的记忆，尽管当时我拿着一杯苏打水。“我记得我在想，”她对我说，“估计这个女人能随心所欲地喝酒而不受惩罚。”

第一印象就说这么多。我发现卡罗琳对人的直觉很少有误，这是为数不多的一次。如果说我们各自与酒精纠缠的过往司空见惯，那么我们分享的更复杂、更长久的真相则是改变的能力 —— 相信生活不易，最艰难的战斗往往在私下打响；相信人有可能穿越恐惧，被炙烤得体无完肤却气息尚存。这是抑郁者对希望的诠释，却也是深思熟虑的结果，无论是遭遇生活中的真实困境，还是平凡的交通小事故，我们都常备在身。卡罗琳在快三十岁时划着赛艇驶离了厌食症；我先是爬，然后一瘸一拐地走出了我的小儿麻痹。漫长的攀登让我变得坚决而固执，这是让我摆脱酒瘾的关键特质。卡罗琳和我在彼此身上认出了这种生存模式，所以互相留足了空间 —— 这些年来我们发现，善待对方要比善待自己容易得多。当卡罗琳坚持要遛露西尔四英里时，我向她保证两英里就够了；如果我坚持要把一艘三十五磅的笨重赛艇举过头顶走下斜坡，她会开车到艇库来帮我抬。我们心底都有一个冷酷的监工，我们称其为“深藏于心的海军陆战队队员”，当我在河上信心渐失或是她在泳池里筋疲力尽时，痛苦会被他带走。我们还创造了莎拉·汤尼这个人物，作为我们准戏剧化自我的化身。我们都允许对方降低标准——风力太猛时，我会在艇库给她打电话，她会劝我**不要**划。这个范围扩展到了我们对自己所选生活的怀疑上，也就是性格内向、情绪多变、更喜欢与狗为伴的人所共有的矛盾心理。一天晚上，卡罗琳独自在厨房里泡茶，一种幸福感席卷而来。第二天早上，她怀着自白的喜悦说起此事。“天哪，我是个快乐的隐居者！”她告诉我她大声说了出来，“而盖尔是个快乐的抑郁者！”

卡罗琳照例将那晚的顿悟化作了一篇专栏文章——快乐的隐士变成了她为自身恐惧撰写的编年史中的人物。“这能写成专栏吗？”她经常在某场有趣或深刻的谈话中途询问，她那无时不在、无事不晓的叙述者身份总在捕捉素材。和大多数作家的朋友一样，我觉得这种双重审视时而讨人喜欢，时而逗人发笑，时而令人恼火，尽管卡罗琳在竭尽全力保护笔下人物的隐私。10 月的一个早晨，我们俩爆发了一次最为激烈的争吵。她把赛艇借给我划，我将赛艇从冰冷浑浊的查尔斯河里拖出，结果脚下一滑，艇上的滑座脱离轨道，飞进了河里。

我恨透了自己的笨手笨脚，卡罗琳不得不劝我别为了找滑座而跳进污浊的河里。“你又不是弄丢了**露西尔**。”她安慰我，可她还是很恼火，过了几天我们才恢复正常。她生气是因为我让她两个星期没法划艇，我心烦是因为她心烦。但随后的不和谐则源自卡罗琳对事实的歪曲。她描绘了这场风波——一篇为女性杂志撰写的有关亲密与冲突的文章——把失物换成了一副金耳环。这下轮到我被惹恼了，虽然永远不会有人误以为我会借什么耳环。我很生气，因为我觉得她为了让文章引起更广泛的共鸣而廉价地处理了我们的工具。我们不借首饰，我们把它摘下来，或干脆不戴它。我们是自己世界的主人，这是一个自主的小小家园。

对我而言，这片领地得来不易，因此我对它爱护有加。我父亲是得克萨斯一个热心肠的一家之主，作为小女儿，我崇拜他。就像经典的俄狄浦斯之舞，我一直想找到一个能与父亲相提并论的恋人，也许这样的努力永远带着失败的征兆。我这个反叛者既想模仿父亲，又想对抗他，注定会得到模棱两可的结果。卡罗琳同样受制于她那精神分析学家父亲的权威，也在与男性的关系中受过伤害。莫雷利是个例外，可由于他们分开了一段时间，我在跟卡罗琳做了一年多朋友后才见到他。《两个是一对》出版的那年春天，我们在丘陵举行了新书派对。越过山坡，我望见一个目光柔和、举止文雅、肩挎相机的男人走过来。露西尔冲他跑去，他单膝跪地迎接她。“天哪，那是莫雷利吗？”我问。卡罗琳点点头，露出熟悉的期待而又伤感的笑容，翻译过来就是：**你觉得怎么样？**“我觉得你应该嫁给他，”我说，“让他带孩子。”

我这半吊子的话很有道理，不像听上去那样草率。多年来卡罗琳一直在专栏和回忆录里提到莫雷利。即便在假意分手期间，两人仍以某种方式保持着联系，这是大多数前任伴侣都做不到或不愿做的。因此我早已明白，考虑到她与男人的交往经历，他的慷慨大度与悉心照料既支撑着她，也令她困惑。但那天露西尔对他的反应以及他对我们的回应也告诉我，莫雷利不同于卡罗琳交往过的其他男人，尤其是那个讨厌的朱利安——她在《酩酊》里写过的控制欲很强的男友。我们经常释然地嘲笑自己避开的那些陷阱。多年前我们甚至逃离了同一个男人，可谓我们平行生活中的典型事件。那家伙刚开始描述他想带我去看的日落景象，我就翻翻白眼，终止了约会。同年晚些时候，卡罗琳与他一起出门，结果她自掏腰包，载着他满街转悠（“我忘带钱包”那句老掉牙的台词）。年龄差异加上境况有别，卡罗琳和我身处同一条道路上的不同位置。在父母去世、自己戒酒之后，卡罗琳迈入了自力更生的全新王国。像我一样，她发现狗在她身上唤起一种从未料到的寄托与温情。在某些方面，莫雷利十足的善良与忍耐妨碍了这些发现——我想她需要他离开一阵子，但别太远，而他正是这么做的。

我的山姆就如同卡罗琳的朱利安，我挣扎着要离开他的那段时间，某晚他在餐桌对面看着我，沉浸于自己的失败剧目中，对我说:“知道吗？有时你的光芒有点太刺眼了。”这是“问题在我不在你”的陈词滥调的巧妙演绎。我们分手后，我花了好几个月才从他精心编排的悲伤里分辨出我的需求。在各种困境面前，妇女运动都曾助我一臂之力，可令我懊恼的是，此类资源我甚少用在这段关系上。我那坠落女主角的神话碎片是问题的一部分：基于贯穿历史的性别主题，我混淆了需求与爱，以及爱与牺牲。在裂缝中找到出路，踏上自身平静生活的坚实土地，犹如五年前戒酒一样充满解放与希望的意味。从表面看来，这似乎是一种衰退，或至少是种退却：离开山姆后的这些年，我放弃了市中心的晚宴派对（以及始终保持高雅状态的西西弗斯式的努力），晚上跟狗一起待在家里。如今我关心的是工作、友谊，还有客厅里那个白色生灵，这些资产不再属于可以谈判的范畴。

这些人生的功课——关于慈悲和自主，关于如何有所保留地去爱——我在林间跟卡罗琳一同遛狗时逐渐明晰。如果说我们俩对人的信任在过往糟糕的关系里有所动摇，那借助我们还未意识到的已然拥有的工具，信任在此得以重建。对我们来说，驯狗是一种共享的奖赏，这种教育贯穿友谊始终。驯狗一事大多依赖直觉，同时也包含着耐心、观察、互相尊重等多重努力。卡罗琳和我会花好几个小时讨论条件作用和错综复杂的依恋关系。只有在数年心理治疗中备受启发的两个女人，才会在与狗交流时反复琢磨诸如“不”这个词的含糊用法并如获至宝。我们一英里又一英里、一个月又一个月地训练与分析，彼此激励；过去属于我们各自私密的快乐，现在成了持续不断的对话。

我所学到的东西，除了清晰可见的，还有潜隐未露的。当克莱门蒂娜在我身边，我感觉自己变成了另一个女人，部分原因是我有需要保护的对象。现在我理解了一个女人如何能抬起压住她孩子脚的大众汽车，或是在有关掌控力和爱的文化中所有那些充满了肾上腺素的故事。我亲身体会到，教养与力量是相辅相成的。

我初次接触这一真相是在克莱门蒂娜生命中的脆弱时刻。当时我试图强迫她屈服于所谓的“强制翻身”——这种可疑的做法通常用于训练不服管教的小狗，人会让小狗朝天躺倒，强迫其保持这一姿势直到停止挣扎。大部分小狗一两次后就学乖了，而克莱门蒂娜的性子既强势又温和，她拒不服从。我一翻她的身子，她就不停地反抗；我稍一松手，她就猛地站起身，吠叫抗议。我打定主意要建立权威，又试了一次。第三次她挣扎到半途，我仿佛抽身从上俯视自己的所作所为。我看见自己蹲在地上，就像我的父亲因为女儿们的青春期而困惑恼怒。他无法阻止我们成长和离去，于是他大吼大叫，威胁着要我们屈服，却只是让情况愈加糟糕。

我长大后，母亲问过我一次，除了硬碰硬地迎战我的反叛，我父亲还能采用什么不同的方法。“我只希望他能告诉我他有多爱我。”我告诉她，“我希望他能直接说，‘你对我来说很珍贵，我不会让你把自己置于险境。’”当我把我那不服管教的小雪橇犬按在地上时，这番对话如悲伤的闪回重又袭上心头。她真的需要凡事听命于我吗？我的体型是她的十倍，我有语言、意识和历史作为后盾——几千年来我的物种一直在驯化她的物种。我扮演着军士长的角色，而根本没有组建军队的必要。

我的计划在那一刻土崩瓦解，克莱门蒂娜蓬勃发展的性情获得了所需的空间。我放开她，把她扛在肩上，她就像个从集市被拖回家的孩子般趴在我身上。从那一刻起，我们之间的一切都已不同。无论我在何处起舞，她都紧紧跟随。

在丘陵绕着防火道散步的某个秋日午后，我跟卡罗琳说了这故事。那天我们在讨论实现了的生活和与之相对的外部景象：我们关于他人生活的所有假设和预测。我们俩都忍受着不养狗的朋友对我们躲进树林消失不见的抱怨，可批评我们的人未曾发现这个新地方的壮丽幽深：这些散步所提供的色彩、气味与崇高的暗示。卡罗琳向来为自身的矜持所困，现在却毫无顾忌地在林地上四处翻滚，大笑着与狗狗们摔打。我松开牵引绳训练克莱门蒂娜，在十码外用手势让她趴下不动，过了几秒她就开始呜咽，然后起身向我冲来。我们四个一伙，在我们重新安排的生活领土上插遍旗帜。我们珍惜的大部分东西都在那些林子里得以呈现，那是我们俩和两条狗一起营造的。在那美好的一天即将结束时，我看着卡罗琳说："你知道吗？从今以后，我想再也没有什么男人能待我不善了。"

对生活中满是他人陪伴的人而言，依恋本身是复杂的，却也带着臆测。对于内向的人，它则是边界更为模糊的领地。我之所以能在人际交往中表现得热情洋溢、温情脉脉，是因为我知道它们会在何时结束以及怎样结束：一天结束，派对结束，散步结束，关系结束。在酗酒的那几年，波旁酒是等候在路旁的灵魂伴侣，是令我避开或抛下其他一切的固定爱恋对象。但无论墙壁是由砖块还是由孤独垒起的，必须付出相应的劳力才能将其推倒。我认为卡罗琳和我在不知不觉中互相哄劝着走进了光明。我们步履缓缓，并且非常关注对方的自主权，因此我们从来无须刻意走开以躲避对方。

我现在回想起了我们做朋友的头一年里积累起来的点滴信任，我们从彼此警惕到互相难分的自在随意，如今这些看来像是一次小心的甚至无声的交谈。我知道卡罗琳患有厌食症的过往，我们在树林里远足时，我会从口袋里拿出两块全麦饼干，看也不看她一眼就不动声色地递给她一块。我一定已经隐约意识到，她出于礼貌无法拒绝。我们两个都偏瘦，因此我的投喂在厌食者看来并不具备多少威胁性。然后我开始悄悄地添上小巧克力块。这一举动带来的原始的、双向的快乐现在触动着我，虽然当时我无法言明，甚至也许都未曾察觉。在与内心拒绝和控制的强烈声音抗争多年之后，卡罗琳开始允许我投喂她——起初伴着勉强，之后就带着解脱。而我呢，一直以来都害怕有什么人太需要我，现在却四处寻觅坚果和浆果，将它们带给我的所爱。

互相依赖变得自然而然。当我在得克萨斯发现一件心仪的毛衣，我学会了买两件，这比我带着一件回去看见卡罗琳失望的表情要容易多了。当她在大风天里离开艇库，她会提前告知我她这一天的安排，这就缓解了她可能遭遇的最坏状况，譬如翻船啦，被桨砸中脑袋啦，或是露西尔被困在家里啦。我还留着一套她家的钥匙，那些锁、那些门却已不复存在。我把钥匙放在汽车仪表盘附近的储物箱里，过去几年它们从一辆车上转移到另一辆车上。总有一天我会把它们扔进查尔斯河，在那儿我曾弄丢了她的滑座，还有其他种种。

“你在干吗？”我会在中午刚过，当我结束写作、即将开始散步时问她。“在等你打电话来。”她会半开玩笑地说。我们就此打开了话匣子：早间报纸（各两份），划艇和游泳的流水账（水上五英里，水下一千五百米），二十四小时轮番上演的戏剧场景和恼人事件。打完电话暮色降临，我们来到湖边，绕着水库散步。卡罗琳会挽住我的手臂说“那么……”，引出另一番无尽的交谈。按照老规矩，男人运动，女人聊天。卡罗琳和我二者兼顾，我们在河里或是陆地上行进的里程，扩充了我们心灵的容量。然而现在我发现，描述一段在交流沟通和日常琐事的园地中枝繁叶茂的友谊，就如同奋力捕捉空气。我们每日的联系悄无声息却又必不可少：我们是为玫瑰腾出空间的栅栏。

六

如果说相处融洽半是幸运半是努力，那么我们的秉性已经在或一起或分开的夏日旅行中得到了考验。那些度假不止一次地变成了救援任务。我在雨中的特鲁罗可怜兮兮地过了几个星期，她带着奶酪面包布丁和《黑道家族》（*The Sopranos*）的录影带出现在我面前，解救了我。一个月后我报答了她，她跟莫雷利被坏天气困在新罕布什尔州，我连夜快递去《幸存者》（*Survivor*）的录影带——这是卡罗琳的私密爱好。有一年她和汤姆早我一两天去了乔克鲁阿，她打电话到剑桥求我早一天过去。“你得赶紧过来。”她轻声说，“那家伙今天让我徒步了九英里，我快动不了了。”

汤姆根本不知道她也有极限，一年前卡罗琳在掰手腕时差点制服他。我这个同伴比较易处，至少在登山远足这件事上是如此。我们还发现我们能在沉默的空间里平行共进。刚做朋友的时候，我们在 3 月底去了一次她家在玛莎葡萄园岛盖伊角的房子。即便在盛夏时节，海岛那端都是一片荒凉景致，初春时节就更显寒冷凄惶。那是一趟艰苦的旅行。环绕房子的沼泽地里有成群新生的蜱虫，狗狗们跑完一圈后从高高的草丛里钻出来，仿佛被撒满了罂粟籽。卡罗琳和我裹在长袖运动衫里，用刷子和外用酒精做武装，坐在地上，在逐渐暗淡的光线里从狗毛里剔出成打的蜱虫。下了两天雨后我仿佛得了幽居病，于是开车二十英里穿过岛屿去一家旅馆的游泳池里游泳。我不在的大部分时间，卡罗琳都在跟莫雷利通电话，为这座房子储存的回忆而心烦意乱。等我们锁上房子前往葡萄园港坐渡轮时，我们都已精疲力竭，再也提不起一点劲头。离开前一小时，我们开车加入漫长的候船队伍，这是葡萄园岛生活的一部分，然后我们带着狗在停车场里一直转悠到离开。

接下来在对面的木板路上，我瞧见一个身影，心猛地跳进了嗓子眼。一个男人坐在长椅上读着《纽约时报》，我几乎确定那就是山姆，五年前我和他分了手——我从来没回过他的信，自从那天我把他留在另一座城市的机场后就再也没有见过他。“哦，我的天，卡罗琳，”我说，“那是山姆。”她知道有关这段伤痛的全部故事，包括他在葡萄园岛上待了很久的事实，她一眼就知道我对于可能会撞上他这件事有多么不快。

“牵着狗，”她说着突然把露西尔的牵引绳给了我，“别怕。我知道怎么做。”她脚步快得我来不及反应，于是我呆立着看她径直走向长椅上那个男人。她在距离他右边不到十码处停下，大声叫出他的名字——冲他身后一个不存在的人微笑挥手。她这么做是基于这种假设，如果那人是山姆，我们立刻就能知道，因为他会做出回应。如果我搞错了，他对她不予理睬，那我们就不必在接下来的两小时里躲避过往的阴魂了。

那个男人几乎没冲她看一眼就继续看他的报纸了。

但是其他人——好吧，卡罗琳又是叫喊又是挥手，却没有人回应，有六七十个观众盯着她看。她是个那么羞涩的人，简直受不了任何形式的关注。可现在她为了让我安心而当众愚弄自己，逗我笑得肚子疼。我从没像那一刻那么爱她。她大步走回我站的地方，得意于自己的滑稽伎俩，也为我的笑容而高兴。“那家伙大概有一百岁了。”她耸耸肩说，然后抓起露西尔的牵引绳，点了一支烟。

〉〉〉

那些烟。我想把它们从这个故事中剔除，但是不行。那次葡萄园岛之行让我知道了，每天要给卡罗琳留出她所需的时间去完成《纽约时报》上的填字游戏——随着时间的推移，谜题变得越来越难，其必要条件就是她需要绝对的安静。如果你打断了她的注意力，她会犀利地睥睨你一眼，足以使牧师知难而退。我对相处之道的规定也同样严苛。她靠着嚼尼古丁口香糖撑过和我一起进行的三个小时的汽车旅行。我理解她抽烟，而她容忍我对吸烟的反感，这证明了我们对彼此直截了当的喜爱。四年前我戒了烟，我一直都想戒烟，但花了好几年才戒掉；所以我知道激发她自身的戒烟欲望，比我向她使出威胁或恐吓的手段要有效得多。

这种冷静并不总占上风。我们越亲近，我就越不能忍受她抽烟。有一天我开始在电话里冲她嚷嚷。那时我不断向她施压，催她戒烟，她让我别管，可我做不到，结果说了一些让自己想起来就很痛苦的话。“你比我小八岁，”我喊道，“我不想亲手送你入土。”

并非只有我一个人在担心。卡罗琳的母亲死前曾恳求她戒烟。卡罗琳不止一次告诉我，她姐姐贝卡和我一联手，她根本不是我们的对手——迫于我们二人的压力，她知道她必须戒烟。可她对烟的热爱跟我父亲如出一辙，他每天抽三包烟的习惯已经持续了几十年。他那由咖啡和骆驼烟混合而成的体味营造出一种安全感，伴我成长，我知道这种依恋可能是毒素和欲望的纠缠。大多数上瘾症状，包括卡罗琳的，都是复杂而可预测的。大脑始终像个同谋，将渴望转化为叙述：香烟、波旁酒或强迫性的爱恋关系成了牵引绳，引领着我们度过每一天。卡罗琳相信她不抽烟就无法写作，无法在如巨大山洞般的无烟世界里熬过一晚，哪怕是一小时。她试过尼古丁口香糖，试过凝视吸烟者肺部的照片，还研究过针对烟瘾的治疗设施。她终于在非戒不可之前自己停了下来。

这并非我们之间问题的源头，却令双方不快。如果说卡罗琳和我分享了彼此生活中最恬静怡然的时光，我们友谊的核心则源于一同经受的更艰难的远行。从哈佛运动场的第一个冬日午后开始，“哦，不——我需要你”就成了一种认可、一声召唤——互为依赖的信条是编织友谊的纬线。我们互相需要，这样我们才能期盼树林和平静水面上的无尽岁月。但真正的需要由更忧伤、更沉重的片段焊造而成——纷争、无助、恐惧——我们敢于向对方袒露这一切。

我用了好几年才领悟，任何关系里这种如渗入细沙的不适感，都意味着亲密而非相反。从一开始我们就学着努力而又公平地战斗。汤姆目睹过一次我们之间的直接冲突，他抓起书就朝楼上走去。“我跟姐妹们一起长大，”他边撤退边说，“我知道接下来会怎么样。”我们都拥有伤害对方的巨大力量，因为我们承认这种武器的存在，所以尽量不使用它。除了抽烟，我不记得我们为其他重要事件争吵过。我们都有点清高、急躁、过分敏感，但我们没经过太多挣扎，几乎立马就原谅了对方的这些特点。

我们的信任让我们能够迅速抓住要点。卡罗琳知道当我迈向抑郁世界的地下角落，会是一副滑稽而又能被化解的场景。有几年，一个年轻可爱的危地马拉姑娘每隔两周来替我打扫一次屋子。她很喜欢克莱门蒂娜，常常会说：“哦，总有一天我要把她带走！”一天下午莉莲走后，我正遭受生活中小小背叛的伤害，我开始相信她是认真的。一阵母爱的焦虑袭来，我打电话给卡罗琳，她认识莉莲，也知道她好开玩笑的可爱性格。“你觉得她是说真的吗？”我问，“我是说，你真的觉得她会把她带走吗？”那天卡罗琳挺仁慈——既没有嘲笑，也没有讥讽——但是随后几年，每当这世界及其潜藏的邪恶让我渐渐失衡，卡罗琳所要做的就是用诊断时的平静口吻说：“恐怕莉莲又来偷狗了吧。”我便能重回现实。

这些就是我们每日互相倾吐的戏剧事件，只要一说出口就能如释重负。卡罗琳会打电话来，苦恼于一次自带饭菜的聚餐；她过于羞涩，为此忧虑了好几天。我让她去露个脸，然后早早开溜，她努力逗留了十一分钟。我拖延磨蹭时，她催我加速；而她的超高效率让她陷入麻烦时，我给她安慰。譬如那次她开车径直冲进一个停车场，差点把车顶上的船架摔下去。我们将世界划分为不同的优势领域：我擅长电脑以及与兽医相关的事务，卡罗琳负责家居维修和所有需要体力的活儿。如果涉及灵魂和心理，我们都知道如何照顾对方。不过卡罗琳的接纳范围比我要广，外交技巧也比我强。

私下里，并不完全出于玩笑，我们相信所有人都能被归入不同的犬种。“天哪，他**真**是一只杏色贵宾犬。”卡罗琳会如此评价某个自命不凡的人。对某个发出刺耳喧闹的女人，她会从牙缝里挤出一个词：“**比格犬**。”一天午后散步途中，莫雷利听见我们此番言论时停住了脚步，他的态度从感到好笑变为难以置信：“你们两个是说正经的，对吗？”这种分类法成了人类性格的代码，每当有人闯入我们的关注范围，必然就会引发一个问题：他或她属于哪个品种。我们乐于让莫雷利成为巧克力色的拉布拉多犬（心胸宽广、富于幽默感），我坚称卡罗琳是柯利牧羊犬（聪明、高敏感、忠诚），可是我们思考了好几年我属于哪个品种。终于有一天，刚开始散步她就宣布她的研究结束了。

“我决定了你属于哪个品种。”她不露声色、不容置疑地说。我咽了口唾沫，这事关重大。她顿了顿，给了我最终的裁决：“一条年轻的雌性德国牧羊犬。”

“哦，可是……”我有些慌乱和不安，“我的意思是，它们的确是非常棒的狗。”我说，“我知道它们聪明，还有许多优点。可它们太**严肃**了。而且它们是牧羊犬——它们太专横霸道，会把别的狗都碾压在地。”

她的微笑就是她的回答。“是啊，所以我说你是条年轻的母狗，”她说，“缓和一下。”

七

我们各自或一起培养起来的竞争，成了一种乐趣而非阻碍：我们将较量置于明处，并且努力掌控它们。每次游泳时，我都会选择靠近一个毫不知情的对手的泳道，最好是个游得比我快的男人；接下来的半小时里，我奋力地来回折返，试图赶上他。每年10月，世界级的查尔斯河赛艇大赛过后，卡罗琳都会独自一人在河上划过三英里多的赛道，记录时间，看看自己在相同的年龄体重组别里排名如何。竞赛本身会让她神经紧绷，而且她也不喜欢公开比赛。跟我一样，她为自己定下了一条默默无闻的中庸定律，再与之竞赛。

卡罗琳总说她和姐姐分摊本领，共享她们的王国。“贝卡拥有数学和科学，我得到了英语和历史。”她喜欢这样说。我们在写作生涯里也有类似安排，在更安全的竞技领域里的升华，让我们可以在专业上互相鼓励。我们有一条秘而不宣的规矩：卡罗琳是专栏作家，而我是批评家；她描写个人的、心理的场域，而我占据着分析和解释的领地。还有一些因素也对此有所帮助，我比她年长，我们都热爱自己的工作，并在某种程度上获得了回报。我认为我们都很擅长各自的工作，这足以让我们为对方的成功尽情鼓掌。

当我们中间有一个明显处于优势，胜负之争就会减缓——它驱除了另一方心中随时备战的压力。你划赛艇**永远**划得比我好，某年夏天我如释重负地告诉她。这意味着我能真正放松下来，让她训练我。而无论是否有竞争，划艇都是我们共享的伊甸园，装载着我们无拘无束的努力和胜利。卡罗琳在水上的窈窕英姿证明了她多年来的磨砺，对这份成就，她表现出当之无愧的骄傲。某天早上，生活乐章里响起一个悦耳的花音：赛艇界传奇人物、担任哈佛赛艇队教练的哈里·派克发现了河面上的卡罗琳，当着业余八人赛艇队的面，他冲她竖起了大拇指，并请她示范划艇动作。冬季漫长的河水结冰期令卡罗琳感到凄凉，她转战健身房，以胸口负重十磅做仰卧起坐而闻名。我体力不及她，但热情尚可匹敌。有天下午在鲜水湖的柏油路上，卡罗琳向我示范了“犁地”（柔术表演者做的一种背部拉伸动作），我在厨房地板上试做时差点要了小命。在比赛淡季，我加入了金吉姆健身中心，一边听着男人举重时发出猩猩般的叫声，一边在室内划船机上自我折磨半小时。1 月走在结了冰的小路上，我们幻想着冬日运动的种种可能：现在开始玩雪橇是不是年纪太大了？新英格兰捉摸不定的春季刚刚到来，我们就如同发狂的马儿翻刨地面。我们知道，3 月在寒冷多风的水面上颠簸，可能令人沮丧，甚至也很愚蠢。

在乔克鲁阿的第一个夏天，卡罗琳点燃了我的火焰，随后的一年里，我发现划艇根本无所谓划得好不好。它用如此强大而又稀松平常的方式打开了世界，无论是 2 月还是 8 月，对它的展望都让我们有了一份标注着热情的日历。我第一次在水上度过整个一季之后，卡罗琳高兴地在我身上发现了她几年前曾经历的一切，于是放任我恣意所欲。如果水况完美——如玻璃般透彻平静——我们就会放下一切（牙医的预约、必赴的晚餐）去河上。我经常在暮色初上时出发，那时野生动物们已经安生，水岸线刺眼的亮光化为莫奈笔下的朦胧，然后我会在金色的光线里划回码头，其他划手如萤火虫般纷纷滑过水面。

我的倔强和上身力量弥补了腿部的不足，未等两季过去，我的划艇动作就已经凑合了。

我变得更强壮，速度更快，每天都很兴奋。我顶着狂风冒着雨出去，耗尽力气平静地回来。卡罗琳警告过我，我与这条河的整个关系会截然不同，让我小心驾驶——查尔斯河沿着纪念大道蜿蜒，如果只顾伸长脖子盯着河面的状况，很容易就会忘记迎面而来的车流。“这条河会成为你生活中的某个角色，”卡罗琳对我说，“你会惊讶于它每天带给你的影响有多大。”

秋天降临，我已经掌握了一幅动植物分布的全景地图，其中大部分无法从陆地上看见。我开始用沿途遇见的地标记录行程，以此设定我的内部计时器。每天早上有个男人在河弯处吹奏风笛——《蒙特祖玛的殿堂》（“The Halls of Montezuma”），如果我走运，则是《奇异恩典》（“Amazing Grace”）——在上游四分之一英里处，有只麝鼠总是准时准点出现，以至于我相信它是专为我而来。（还有不怎么体面的人，卡罗琳警告过我，在河那一端的繁茂树丛里，有个向女划手展示器官的暴露狂。）最重要的是这条河的弧度和地理位置，以及我在河上的位置。9 月一到，春天的幼鹅将学会自己潜水，沼泽从绿色变为泛着金光的玫瑰色。这一切提供了一块时空的调色板，在那里美依靠变化维系。

我经常看见卡罗琳沿河而上：金色的马尾辫，舞者的背影，流畅而准确的划艇动作。（她从来看不见我，除非我叫她，即便如此她也得眯起眼睛打量。她需要却又拒绝佩戴的眼镜从未离开过她汽车仪表盘附近的储物箱。）有时我们会在查尔斯河赛艇大赛终点线旁的一片宽阔水域碰头。卡罗琳一放平双桨、停下船身，就急着看表，有时是偷偷的。即便是最随意放松的划艇，她也会计算时间。然后她会观察我的划桨动作，给我布置一套够我忙活好几天的练习。“用你的腹肌来恢复，”她说，“别总看身后，你是清楚的。在平掠回桨前用大拇指！”这些指令和语言本身都令我兴奋。

2000 年夏天，我四十九岁，卡罗琳快四十一岁了，我们决定抓住最后机会实现一个梦想：参加查尔斯河赛艇大赛我们这一年龄组的双人比赛。我们搞错了年龄规定，以为只要平均年龄超过四十岁就能随意组队，可我们的幻想驻留下来，给我们定下了那一季的任务。这是我们都热爱的目标，我们可以无休止地讨论，一边把它的训练要求融入日常生活中。因为我们都属于体重不足一百三十磅的组别，我们决定自封为“文学轻量级选手”——我们觉得这能在河上制造一些笑料，没准还能招来一两个赞助商。莫雷利一直期待卡罗琳能在比赛中大显身手，他为我们定制了 T 恤，胸口有一个小小的划手。他承诺训练期间会挂在桥上给我们拍照。作为技高一筹的划手，卡罗琳会在我划桨时负责掌舵，这意味着她得放慢节奏来适应我。

这一阻碍对她来说无关紧要，对我却事关重大。我在日常训练里增加了仰卧起坐和抬腿运动，并开始在水上冲刺后测量自己的脉搏。我不断地向卡罗琳报告进展：划桨速度，心率，技术或心理层面的突破。她忍受着我的死脑筋，尽其所能地安慰我。“我怕会让你失望。”有一天我一本正经地说。我那德国牧羊犬的性格蓄势待发，已经将玩笑变成了一次巨大的挑战。

“这事好玩我**才**会跟你一起做。”她跟我说。我的触角一下子伸长了。“好玩”对我们俩都是个含糊的概念，她的心理咨询师总想强迫她接受这个词。好玩远比热情更难把握。不过那天我听了她的话，试着把心头的火焰蓄积起来，结果我的例行训练反倒成了最终目标。

那年我们没有获得参赛资格，初次参赛选手靠抽签选出。我觉得我们俩都松了口气，原因有二。一是我们在赛季后期才开始训练，还没做好参赛的准备。另一个更接近本质的原因是，卡罗琳和我都以目标为导向——她跟我说过，“精通”是她最喜欢的感觉——我们希望下一季、下下一季，都能让我们的期望和焦点有的放矢。与大部分的艰苦跋涉一样，我们在查尔斯河上更在乎的是过程本身而非终点线。有关划艇的隐喻也许是我们最爱的部分：那份期待，耗尽气力的肌肉以及行程记录，9月秋分前后的满月。因为我们都具备那种能让我们划一辈子赛艇的性格特质——耐力——我们宣称七十岁时要一起参加查尔斯河赛艇大赛，那时参赛选手锐减，让我们有机会一搏。这种憧憬可以激励我们再撑过两个冬天。

2000 年的赛艇大赛来了又去。10 月末，我们俩想试试是否达到了双人赛的标准。一开始就注定了失败：那艘赛艇是为巨人准备的，所以我们全速划桨时只能半趴着；等我们意识到这个机械上的障碍，已经划得太远无法做出调整。风力渐强，阵阵疾风掠过，河面变成一片波涛汹涌的海洋。偏又下起了雨——冷冷的秋雨从背后扑来，挑战着我们的神经，威胁着我们对桨的控制。面对如此恶劣的天气，卡罗琳更加使劲地划桨。我的动作变得急促杂乱，最后她让我干脆停下；如果我的节奏偏离得太远，反而帮了倒忙。我对自己的表现很失望，对她则充满敬畏：雨越急，风越劲，她越稳定。我们划完了整个赛道，欢呼着穿过了寂寥无人的终点线。我们被雨水和河水浸透了，因欢笑和努力而兴高采烈。我躺在赛艇里，让“野蛮妞”划艇送我回家。

八

那年 12 月，我回去与家人共度假期，被暴风雪困在得州好几天。最终我设法搭上一架调整了航线的飞机，途经芝加哥飞往马萨诸塞州。我倍受折腾，卡罗琳一直跟我通话保持联络，在航班预计抵达波士顿的前一小时，她把克莱门蒂娜带到了我的公寓。那天的行程如同马拉松，我终于一屁股坐进洛根机场外一辆出租车的后座里，一心只想回到自己家，渴望我的沙发、克莱门蒂娜毛茸茸的脖颈和电话里卡罗琳的声音。“依赖情感的人质”，我记得这几个词不知从何处跃入脑海。暂时的离开告诉和提醒我，我是多么依赖这两个生物为我的生活带来的情感支撑。如果说这番领悟如今更多是一种慰藉而非不安，它仍然与我的常态大相径庭。无论卡罗琳多么善变不安，当生活中真正强劲的对手出现时，我可能比她更糟——更固执、更本能地自傲。在危急关头，我总是原地打转，担心被别人辜负甚于独自向前。

也许是性格与遗传两方面的因素，我一辈子都在培养一种过分的独立性。这种行为或许滑稽或许积极，但大部分都过于严苛。二十几岁时我常常独自搭便车游历甚远。有好几年，我都是在劳动节过后去韦尔弗利特的水塘游泳，那时候那里杳无人烟，直到初秋的一场雷暴让我惊觉这主意有多糟糕。我暗自认为，这些壮举的英雄豪气与所受的痛苦互为关联。即便在戒酒后，我也不愿让孤独限制我的活动范围，所以接下了去怀俄明州、伦敦或任何未曾涉猎之所的工作任务——咬紧牙关挺过此番追求中的困难，埋头向前。为了在冒险途中有所斩获，我想自己应该愿意承受痛苦和孤独。

虽然我抱怨孤独，但我也需要它。我付出了高昂的代价来换取自己免于义务、不必听命于人的自由。我姐姐心满意足地与一千英里之外的一个人结了婚，每当我幻想要坚持找到对的男人结婚，她都会大笑不止。“我不知道，考德威尔，”她说，恢复了我们青春期时以姓相称的老习惯，“我觉得你不会结婚。你需要一根很长的牵引绳。”

事实上我始终在逃避。那些我没有嫁的男人，那些我已经抽身而出抑或只是逢场作戏的关系——按照建筑规范，在我参与建造的每栋大楼里，都有光亮醒目的出口标志。“让我们面对现实吧，”某天一个四十多岁的单身男性朋友同我谈起我们孑然一身的状态，“我们俩谁不是踩着花式步法走到这一步的？”我当时大笑，内心却不安于这一评价的犀利，况且将其看透的是他而不是我。

那个冬日的晚上，出租车把我送到公寓后，我拥抱了狗，给卡罗琳的电话答录机留言，让她知道我已平安抵达。已经 8 点了，我没打算跟她细谈。“我到家了，我很好。”我说，“不用费事接电话。我要去商店了，明天再打给你。”

二十分钟后，我正把杂货装进我那辆旧沃尔沃，一个失控的司机突然转向，高速驶过停车场，猛地撞上我的车尾。事发突然，后来我只记得一阵模糊的白色位移，然后就飞到了空中。沃尔沃替我挨了一下：两车相撞的冲击力让我像台球般弹了起来。醒来时我四肢着地，趴在离撞击点几码远的人行道上，我的下巴血流如注，我咒骂着。一群人站在我周围。有人拨打 911，还有一个虚无缥缈的声音宣称认出了我，并帮我收拾好散落一地的杂货，替我送回了家。急救人员赶到，把我绑在担架上，我开始和他们争论要不要剪开我的牛仔裤和卢凯塞靴子。到达医院时，我已经被肾上腺素冲昏了头，讲起了笑话：战壕里的虚假自尊。

我在担架上躺了一小时等着照 X 光。他们放我回家时已经是夜里 11 点了。我的伤不太严重——下巴缝了针，有几处扭伤和挫伤，但没骨折——可当我试图用腿部支撑身体时却疼得大叫起来。医护人员正疲于对付更严重的紧急状况，于是给了我一根拐杖，替我叫了辆出租车。在医院的三小时里，我从未想过向卡罗琳或其他任何人求助，虽然电话离我躺的地方只有四英尺远。

或许该这么说，我有过这个念头，不过又用危急时刻自我保护的镇定打消了它。那是周日晚上，我知道莫雷利会在卡罗琳那儿过夜。我不想吵醒他们，我知道如果我打电话，他们出于义务一定会来医院。我为我的自立感到开心，跌跌撞撞地爬上楼梯，回到我的公寓。

可当我进了屋，待在午夜的客厅里，看到克莱门蒂娜嗅着我血迹斑斑的牛仔裤时，我崩溃了。我给在得州的父母打电话，他们正等着我的航班平安抵达的消息，我撒了个弥天大谎。他们都八十多岁了，我父亲还处于阿尔茨海默病的第一阶段，我觉得没必要让他们惊慌。之后我所有的勇气化为乌有，我拨通了卡罗琳的电话。她接电话时，我的声音哽咽了。“我没事，我没事。”我不停地说，作为故事的开场白，以免吓到她。我们一直通着电话，直到她说服我去找点吃的，然后上床睡觉。

我的车，一辆开了十年的沃尔沃，彻底报废了。第二天，卡罗琳来接我，我们开车回到商店的停车场。她去集市替我买些必需品，我则试着发动车子，办理车辆登记。十分钟后，她出来发现我目光呆滞地站在我昨天趴着的地方附近，柏油路面上有一摊干了的血迹。开车回家的路上，她令人不安地一言不发，最后她一口气道出了原因。“我一直在想，如果你第一次打电话来我就接了，”她说，“这事就不会发生了。再过三分钟，你就能避开那辆车了。”

我了解这种自责的内心对话，它带着蒙蔽性而又难以战胜。卡罗琳担心的不光是她没能及时阻止命运恼人的灾难，还因为她自觉也负有责任——她习惯独处，才令我陷入危险。这是一种我们都会奉行的思维定式，于是我做了相反的假设：我坚持说，就算她接了电话，我仍有可能刚刚走出商店，正好在车子的直线射程里。

这一事件给了我们活生生的教训，然而在瘀伤退去、汽车更换很久之后，有一刻却始终令人难忘，就是那天下午我告诉卡罗琳的：当我身处半空中时脑海里闪过的想法。在危急关头，世界呈现出猛烈的色彩。十年后，我还记得自己的身体跃入空中时的视觉弧度，我的视线比平常高出约两英尺。可我印象最深的是当我划过空中时，感到领土被侵犯并怒不可遏。**你怎么敢？**身体和思想在愤怒中保持一致，**我现在生活得很充实**。我之所以生气，是因为我已经为这一故事情节奋斗了好些年，而且我知道它还没有完成。

〉〉〉

我已经在东部住了十年，有充分的时间来分辨现实与梦想。冬天的一个夜晚，我沿着布拉托街开车，风暴刚起，雪花被轻风裹挟着飞舞。我生出一个乱心的念头，我可能会在这儿老去——以前无论在哪里我从未这么想过，尤其是在冬季的新英格兰。可剑桥从一开始就对我张开了怀抱。我喜欢那看似别扭的砖砌人行道，还有整个镇子散发出的自给自足的宁静：所有令人敬畏的历史与梨花和街头音乐家不期而遇。

几年来，拥有自己房产的念头常常令我雀跃，无论我在哪儿，这通常是对现实的一种补充。我幻想在当时荒无人烟的鳕鱼角尽头的特鲁罗有一块小小的地。我想象在奥斯汀有一间让我过冬的小屋，或是在城外有一栋可以容下几条狗的农舍。随着找房变得越来越现实，我开始在整个大波士顿看房，为各种可能性把自己累个半死，或是魂牵梦萦于我买不起的那些房子。我就像是一头绕圈圈的狼，四处张望却无视我生活的中心。

这一错误的起步也许反映出我总在逃避，也总在渴望。离开得克萨斯，然后永远想念它。从两千英里之外爱着你的家人。拒绝结婚，然后一辈子都在抱怨你应该成家。这种根深蒂固的个性，我母亲称之为纠结，当我幻想自己属于哪里时，它便会自由发挥。在原本有可能的地理范围内，我可以尽情地探索平行宇宙，在那儿结局总是更美好，房价也更便宜。“我应该留在潘汉德尔，我会开开心心地嫁给一个牧场主，生五六个孩子。”我曾对我的心理咨询师说，他通常不会对此类宣言大笑出声。“我认为这里的关键词是‘开开心心’。”他说。他时刻准备着，不放过任何戳破幻想的机会。作为后续的玩笑，他寄给我一张地图，得州果真有个叫“开心”的小镇，那是阿马里洛南边一个大约有七百人的小地方。我把开心镇的地图挂在书房墙上好几年，提醒自己有一个我们所有人都梦想的极乐世界。

“擦去幻想，你会发现是噩梦一场。”这是卡罗琳的一句口头禅。它原本说的是我们俩的一个女性朋友，她出国追逐梦想的生活，最终却被困住，郁郁寡欢。后来这句话成了一个符号，指代任何在别处，有着更好的工作、伴侣或内心状态的看似完美的生活。每当我说（冬季、堵车或天气不好时）:“我们干吗在这儿生活？”卡罗琳立马就会回应:“因为鲜水湖和星巴克。”那时星巴克尚未遍布美国的每个角落，卡罗琳只是粗略概括了难以言喻的整体环境：街角处脸色阴郁的诗人，或是暮色中的河流，或是那家肉贩能叫出我们名字的商店。我们住在这里是因为彼此，也是因为方圆二十英里内我们所爱的每一个人，人们居其所居是有充分理由的。他们需要看到麦田或海洋，他们需要雷暴的气味或城市的声响。或者他们需要离开，去别处创造自己所需的一切。

我们的过去在对方看来都像传奇，我是漂泊的浪子，卡罗琳是留守的孩子。我逃离了潘汉德尔荒凉乏味的农田和牧场，去了向南五百英里的奥斯汀，在旧金山住了几年，最后前往东部。卡罗琳在剑桥长大，与拉德克利夫学院隔着几个街区，后来她去了一小时车程外的普罗维登斯的布朗大学念书。四年后她回到剑桥，住处离她儿时的家只有几个街区的距离。她的故乡是我的异域——她的剑桥是我的阿马里洛——就像在格林威治村长大，这家乡酷得令人无法逃离，这似乎是都市生活的部分代价。她父母死后的第二年，卡罗琳在剑桥市中心买了一栋维多利亚式的连体房屋，有着宽条松木地板、裸露的砖砌烟囱和十英尺高的天花板。那房子的历史超过一个世纪，视角多变，装潢雅致，布置着舒适的使命派家具[1]，露西尔的玩具被精心摆放在够得着的地方。我住在几英里外一间已经租了十年、光线充足的二楼公寓里。我知道卡罗琳的房子是她的庇护所，这减弱了我对在某地扎根的犹豫不决。务实思想最终战胜了惰性，我开始浏览成堆的房产清单，踏上了周日看房之路——寻找房子必经的黑暗旅程。而卡罗琳如同一个勇敢无畏的士兵，陪着我参加了整场游行。

撇开经济限制不谈，单身女人找房可能是一次伤透脑筋的探险，需要详细地规划现状。我发现居住用

1　使命派家具（mission furniture），一种深受工艺美术运动（Arts and Crafts Movement）影响的经典木制家具，质朴、厚重、坚固。——编注

房，尤其是在新英格兰，如同人口统计学的一个例证：单户住宅想当然地是为核心家庭建造的殖民地式或维多利亚式建筑。每次看到这样的房子，我都会心里一沉，感到一阵难以招架的疲惫。正式的餐厅，楼上的卧室？我想为这种疏远隔阂而哭泣。专为单身人士设计的建筑也有问题，逼仄的空间和布置仿佛隐含着对独身的惩罚。有些房子小得令人压抑，低矮的天花板和狭小的房间似乎在说单身人士天生矮小！要么就是老式的三层楼房或大型公寓楼，这意味着你得放弃院子、隐私和停车位，只为付得起房贷。

卡罗琳和我从各个角度分析这个困境。我从周日开放参观的那些房屋开车回家，精疲力竭，脑袋空空，打电话让她把我拉回现实。有时她会在约定地点和我见面，既兴奋又怀疑地在房间里走来走去。她会问我是不是真的想住在三楼那个华丽的鸟笼里，带着一条行动不便的腿和一条六十磅重的狗。当时正逢竞标和土地抢购的高峰季，有些房子在一天或一小时内就卖掉了 —— 一个狂躁的房产代理晚上 9 点半打电话给我，让我竞拍一个见都没见过的房子。还有几次，我加入了这近乎绝望的哄抢队伍（均告失败），最终输给那些比我有钱或没我冷静的人。找房子的高风险令我愈加焦虑。那时候的房地产市场活像一场抢椅子游戏，人人都不顾一切地想要在音乐停止前占得一席之地。

2001 年初春，我报价了郊区的一栋小房子，大大的院子里杂草丛生。在房屋开放日的前一天，卡罗琳爬上后面的围栏打探了一番。最后一分钟我慌了神。我看见未来在我眼前展现，修剪整齐的街道、安静的新英格兰保护区便是今后的岁月。那幅画面令我恐惧。

从外部看，我的标准也许模糊不清，但多年来我一直在思考我**不想**要什么，以及我的精神渴望怎样的轮廓，这些都磨炼了我的标准。我想要一座成年人的宿舍，种着花养着狗，还有与我感觉相通的人。一个同事给我解释过这种由直觉构成的洼地。她是个年轻时髦的非裔美国女同性恋，身上穿了几个环。我们没完没了地讨论单身女性买房的风险以及我们各自的归属。“我这么说吧，”她说，“搬进去的那天，我不想成为整个街区最有趣的那样东西。”我在签署郊区那套房子的购买意向书时，想起了她那番揶揄犀利的言论。尽职尽责的房产代理握着我的手说：“你看上去真**有趣**！”两天后，那个有趣的我从交易里抽身而出。

随后在5月里花香四溢的一天，我几乎就要放弃，却在剑桥一条种满了木兰树的街上，看见半栋20世纪

20 年代风格、布局随意的木板房在挂牌出售。这个公寓比我想的要小，房主把墙壁漆成了芥末黄，在餐厅里挂着红色的天鹅绒窗帘。我根本不在乎这些。还没走进屋子，我的心就被高大的枫树抓住了，它们俯瞰着长长的车道，通往城市中心一个封闭的花园，花园里种着山茱萸和丁香花，还有一棵六十英尺高的大槭树。我在新英格兰住了二十年，可我仍旧是个得克萨斯人，我知道土地比它上面的东西更重要。我追着那些树走。

卡罗琳喜欢这房子。她忽略了房子的不完美——没有客房，楼上的邻居——认定这就是我的家。那地方位于我划艇的河流与我们散步的树林之间，附近有一个公园和一家意大利外卖店，还有十几个我认识的人。开放看房持续了一个小时，那晚结束时，有四方竞价。有一对夫妻出价比我高，简直离谱，比要价高了数万美元。想必他们也爱那些树。两天后，他们退出了交易。房产代理打电话说如果我想要，那地方就归我了。我告诉他我需要考虑一小时，然后挂了电话，打给卡罗琳。“要，”她斩钉截铁地说，“**要**。”

几周后，在接受了购房必经的严厉教育后，我站在如今属于我的房子的前廊上，摆弄着钥匙，因为疲惫和隐隐的忧虑而沉默不语。屋里得花上几个月重新装修。我听见身后有车开近，转身看见路沿上停着卡罗琳的丰田 RAV，卡罗琳和莫雷利坐在车里笑着冲我挥手，让我等等他们。卡罗琳跳上前门的台阶时，我打开了房门。她一把抱起了我——我比她重十磅——像扛一袋谷子那样把我扛过了门槛，而莫雷利抓着狗笑起来。

那年夏末，卡罗琳和我已经习惯了将我们连在一起的新路线。新公寓离鲜水湖只有几个街区，木匠和漆匠忙活了整整一夏天。每天我都会对克莱门蒂娜说:“你想去剑桥吗？”她会兴奋地吠叫着回应我语调的变化。然后我们就开车去施工现场，跟在里面工作的人聊聊，再去水库，跟卡罗琳和露西尔在山脚下碰头。通常我会在后兜里塞上一套油漆色卡。萨摩耶犬的毛色混合了淡黄和米白，所以我们会在克莱门蒂娜的背上把色卡一字排开以便参考。我已经教会她听令保持静止，所以她会允许这种可笑的行为，耐心地站着，让我们把她的毛色设想成比如餐厅的一种装饰色调。一天晚上在鸭塘边，有个女人经过我们身旁，卡罗琳和我正站在那儿盯着八张深浅不一的桃红色色卡。那女人扬起一根眉毛喊道:“你们在对那条狗**做**什么？”那是个轻松的夏天，漫无目的的散步、夜晚的划艇，还有逐渐展现的清晰画面：我向前跃了一大步，正在将我的心、我的灵魂和成箱的书运往属于我的那个地方。

〉〉〉

“9·11”那天早上，我同时被两个声音吵醒。英国广播公司的播音员正在播报第一架飞机撞上了世贸中心。我的朋友皮特在电话答录机里说：“现在你可能已经知道出了什么事。”接下来的十分钟是理解的混乱。在电视和美国国家公共广播电台的背景声中，我上网搜寻，看见卡罗琳几分钟前发来的一封寥寥数字的电邮：“你划艇了吗？”她还蒙在鼓里。我匆忙回复：“纽约双子塔被恐怖分子撞了，下楼开电视。”卡罗琳的工作室在她家三楼的阁楼上，她通常在 8 点半左右就坐到了书桌前，避开广播和电话的骚扰。几分钟内我们就通上了电话，看着电视屏幕上滚动出现的恐怖画面，与所有人一样陷入不知所措的境地。由于这些飞机是从波士顿的洛根机场起飞的，因此对这座城市自身而言又多了一层恐慌。上午有一度所有的固定电话和手机线路都不通。卡罗琳和我的电话不停断线，最后我们制定了一套备用方案以防基础设施瘫痪。如果情况恶化 —— 如果波士顿出了什么事 —— 我们都会想办法去鲜水湖，它在我们的中间位置，我们知道在那儿能找到彼此。

这方案荒唐透顶，就像那天无数人做的计划一样。后来我们为此大笑 —— 那种冷冷的、痛苦的笑，如同战斗中的幽默，在接下来的几天里一直伴随着我们 ——

想想我们糟糕的方案：鲜水湖又不是红十字会的疏散中心。但现在令我感动的正是这个方案的荒谬。我们的行为是出于本能，就像马儿奔向谷仓或鸟儿飞离枝头。我们只是想找个避风港，找到我们自己的高地。

结果那天晚些时候我去划了赛艇。我不知道还能做什么。到了下午 3 点左右，这座城市比我希望的还要安静：头顶上没有飞机，大部分步行和汽车交通都暂停了。接下来的几周，即将展现的不和谐画面已初露端倪。我看见一个傻瓜在河上冲我喊："天气不错，不是吗？"这近乎完美的场景就像是恐怖片开头的田园风光，只不过恐怖事件已经发生。我一直在想电影《海滨》（*On the Beach*）的最后一幕，核战争后澳大利亚荒芜的海滩，配乐是传统民谣《丛林流浪》（"Waltzing Matilda"）。我在如今已声名狼藉的蓝天下划着艇，天空那死气沉沉的空旷令人恐惧，一路上响在耳畔的是《丛林流浪》怪异忧伤的旋律。

11月初，在卡罗琳生日那天，我搬进了新家。那天早上，我送了她鲜花。我看着搬家工人楼上楼下地忙碌，卡罗琳替我照看克莱门蒂娜。原本令人屏息凝神而又无力挽留的新英格兰的秋天，被历史事件的余波遮蔽扭曲了。街那头的一个女人自杀了，她的未婚夫死在了双子塔里。一个朋友的朋友始终下落不明。每个人都有好几个类似的故事，灾难激起一个个同心圆，创伤与丧失之间挤满了悲惨的细节。袭击过后的最初几天，为了响应全市范围内的计划，有一晚卡罗琳和我高举着蜡烛站在各自的门廊上打电话。我们都没有发现别的烛光，因此感觉既疲惫，又震惊于自己的徒劳无力。接下来的几周，我们每个人都陷入了一种幸存者内疚，在某些无意识的否认时刻，你会被猛然畏缩的意识击中。卡罗琳玩着电脑纸牌，突然就被悲伤与焦虑压垮；我前一分钟还在操心装修，后一分钟就想打发油漆匠走人，把剩余的房屋预算捐给纽约消防员基金。每个人都上了一堂颇具讽刺意味的速成课，学习让悲痛与日常平行共存。有一天我跟她说，世界百孔千疮，想到房子令我羞愧；她把手放在我肩上，微微耸了耸肩。“油漆色卡……奥萨马·本·拉登，”她一边说，一边用双手描绘出所有的人类体验，“生活本就如此。”那些日子，我们都生活在奥登[1]对伊

1 奥登（W.H.Auden，1907—1973），美国诗人。其诗歌名作《美术馆》（“Musée des Beaux Arts”）描述了伊卡洛斯坠水而亡时，周遭人若无其事的态度举止。——译注

卡洛斯的想象里。即使有个男孩从天而坠，船只依然平稳前行。

我花了好些年才明白，死亡并非故事的终结，而是一种转变。编辑，重写，模糊与顿悟交织的单向对话。我们大多数人都会在彼此的生活里进进出出，直到距离而非死亡将我们分离——时间、空间以及心灵的疲惫是人际关系温和平淡的终结者。

我反复梦见卡罗琳。其中一个梦里，她平静地生活在树林里一座蓝绿相间的小屋里。另一个梦里，我正用打字机给她写信，一边写，纸上的墨迹一边消失。在这些梦里，她总是死去或是垂死，不过它们并不可怕，也不痛苦——我们之间的联系总是胜过丧失。然而我唯一无法忍受的梦是她在病中接受治疗，我却找不到她。我们失去了联系，要么电话断了，要么我的钥匙断在门锁里，而她就在门的另一边。这个梦有多种变体，我从中醒来，双手在空中抓挠，但传递的讯息却是相同的：生，而非死，搅了局。

“内心情感的神圣。”济慈写道，除了这一点与想象，他什么都不相信。现在我觉得卡罗琳和我安抚了彼此的内心，这让我们走出去，融入更广阔的世界。尽管我确信事实、记忆以及二者的相互影响，但将所有这些故事穿起来，让我陷入了一种奇怪而又超然的执念：她还没有离开。我有所有生与死留下的残迹来替我争辩：从烹调书里掉出一张奶酪焗土豆的菜谱，上面是她小小的、仔细的笔迹；J.R. 阿克利的经典作品《我的小狗郁金香》（*My Dog Tulip*）的第一版，那是她某年圣诞节替我好不容易淘到的。还有她死后我在她家里找到的一张神秘CD，名为“献给卡罗琳的音乐”，里面的每首歌，从诺拉·琼斯（Norah Jones）、菲奥娜·艾波（Fiona Apple）到伊迪丝·琵雅芙（Edith Piaf），都证明了我们内心不为人知的激情。

有一次，她把生活最核心的模糊性称为“欢乐的阴暗面”。而这些日子在这儿却恰恰相反：我带她一同踏上快乐的地狱边缘之旅。作家自愿接受的神游状态。在草地上和树林里，与狗一起，每次的划艇课、争辩、无所顾忌的电话，她都活得那么充实。这些日子，她的死亡就在走廊尽头的某个地方，隔着一扇没有上锁的门。但此刻她在河上晒得黑黑的，大声笑着，马上电话就会响起，我们中的一个会说：“**你在干吗呢？**”一切都将重新开始。

九

冬天卡罗琳开始咳嗽。一种干咳，像是她独特的嗓音里加上了烟鬼的沙哑伴奏，还不至于让人担心。她刚写完一本书，累坏了。她本可以再重上十磅。圣诞节她送我一幅犹太门柱圣卷，让我挂在大门边上赐福新居。1 月里一个寒冷的夜晚，我们出去吃晚餐庆祝我的生日，她似乎闷闷不乐，但我们都把这归咎于工作和情绪上的倦怠。如果她担心自己的身体——事实证明她确实担心——她只会告诉她的姐姐贝卡。

发生了两件毫无关联后来却不容小觑的事。卡罗琳想要像往常那样在泳池里游上四五十趟，可只游了七趟就再也游不动了。然后是 3 月初一个寒冷晴朗的下午，在鲜水湖，她的腿毫无征兆地失去了知觉。她很快就恢复了正常，坐在公园的长椅上给我打电话，尽量对整件事轻描淡写。不知为什么，我带着一种与事情本身不成比例的紧迫和恐惧吸收了这些信息。我抓起车钥匙冲出家门，为了节省时间，开车穿过几个街区来到湖边。我看见她坐在停车场上方的高处，立刻冲她跑去。刚到她身边，她就摇了摇头，示意这没什么——只是暂时的瘫软和低血糖，一些短暂、良性的症状。

那天我之所以那么惊慌，主要是因为卡罗琳是我所认识的最能扛的人之一。她很少生病，就算生病了也极少抱怨。但是那空洞持续的咳嗽并没有好转。她把吸烟量减半，然后再减半。奇怪的是，那时我也在担心自己的身体。经历了两次冬季常见的头疼脑热后，我一反常态地被一种阴暗的不安感笼罩着。

卡罗琳照了胸部 X 光，接受了肺炎治疗，抗生素让她舒服了几个星期。3 月底的一天，天气暖和得不像是这个季节，河水平静。自秋天以来，我们俩第一次一起把赛艇划了出来。她划了标准的五英里。不久以后她就会住进医院，但是当时，在那天，四处无风，水面如镜。那天下午快结束时，我们一起散步，她说这是十五年来唯一一次感觉这一季的第一划是如此轻松自如。

之后的日子，这话不断在我脑中重现，被无情地修正。在那次完美划艇之行的两周后，莫雷利在一个周日的深夜把卡罗琳送到了急诊室。她高烧不退，肺炎复发。有几天医生以为她得了肺结核，我们在病房里都得戴口罩。那些口罩：她告诉我，当护士不再戴口罩并且对她殷勤过头时，她就知道情况不妙。

医生做完支气管镜检查时，我恰巧在场。检查发现肺部有一个无法手术的肿瘤，被归为第四期非小细胞腺癌。检查的前两天，我异常积极地安慰卡罗琳，说她这么年轻不可能得癌症，他们在她肝脏上发现的可疑阴影不过是虚惊一场。面对压力，贝卡与卡罗琳一样沉着冷静，我们在手术恢复室等待时，她对我说我们应该做最坏的准备。我惊呆了：她是个医生，我更相信她而不是我自己孤注一掷的乐观信念。然后肺病专家走进门来，瘦长的身体陷入旁边的一张椅子里，带着一丝仁慈耸耸肩，说出了那些令周围议论瞬间消失的字眼："不能手术"，"坏死"，"保守疗法"。最后以骇人听闻的婉转表达作结："我们可以让她舒服一些。"

那天剩下的时间里，有两件事在我记忆中格外清晰。第一件是他们把卡罗琳送回病房后，我搂着哭泣的她，她对我说的第一句话是："你生我气了吗？"这是恐惧最初的声音，是对坏消息的原始反应。直到今天，我都不知道她的意思是我们曾经为了吸烟一事争吵，还是她知道自己将不久于人世。

另一幅画面定格在那天下午晚些时候。我离开医院一阵子，遛了克莱门蒂娜，取了卡罗琳需要的一些东西。我沿着我家附近的路向街区公园走去，看见一个朋友和她七岁的女儿在前面的篮球场上。我望向她们那边，就在这时索菲瞄准篮筐，投进一球。“妈妈！”她喊道，“你**看见**了吗？”那是她在球场上的首次胜利，我碰巧成了见证者，那种简简单单触碰快乐的力量令我窒息。那天下午阳光明媚，卡罗琳奄奄一息，而索菲得了分。**妈妈！**她就在那儿，生命不止，投篮。

接下来的几天，各种坏消息混杂而至。更多检查显示癌细胞已经转移到了卡罗琳的肝脏和脑部。到了周末，一个肿瘤专家加入了治疗小组，他们开始对脑部进行紧急放射治疗，还有五个小时的首轮（也是无望的）化疗。抗生素治好了她的继发性肺炎。在诊断过后、治疗产生令人衰弱的副作用之前，有一小段窗口期卡罗琳觉得没那么难受。我们都还没缓过神来，忙着应付晴天霹雳过后的一系列琐事，列出要打电话的人和必不可少的物品清单：一件心爱的T恤、一把玳瑁梳子。莫雷利想出个法子，在夜班开始后把露西尔偷偷带进医院。我们和狗一起爬上床，分享意大利外卖食物。一天夜里，卡罗琳开始讲一些傻傻的笑话，我和莫雷利都大笑起来；她说到一半就打住了话头，我们面面相觑，活像是某个为电视电影打造的悲情场景。死亡降临时的短暂光亮过滤了每件事，房间里的一切都让人觉得荒谬而珍贵。确诊的第一个晚上，卡罗琳告诉我她向莫雷利求婚了，所以我们得计划一场婚礼。最初几天这种直入肺腑的温柔，让我们得以容纳之后的几周。

一个清早她打电话给我，我抓起电话问："你还好吗？”她说:“是的，我逃出来了——我想去划赛艇。”医院在河边，她的病房在楼上，俯瞰着查尔斯河的弯道，每天早晨划手都会经过那里，天一亮她就能从病床上看到他们。没过几天，她就请求护士把窗帘拉上。但那天早上，她还在开玩笑，还能假装她很快就会回到河上。“我想念**我们**，”那天早上她在电话里对我说，“我想念我们在一起的生活。”

我们知道一切都已不同，我们彼此交流的方式自然变得小心翼翼。我们谈论她正在起草的遗嘱。一天夜里，她让莫雷利和我保证永远做到每周一起遛一次狗。“我的赛艇和我的亚麻布。”她说这是留给我的遗产。那个月早些时候，我借走了她衣橱里一半的外套，因为几周后我得去奥斯汀一趟。她的自嘲精神胜过一切。确诊后的第二天晚上，我们正在列名单，上面是需要电话联系的人，她对我说：“哦，天哪，现在我不得不听别人战胜病魔的故事了。”

但到了深夜，我离开医院，回家站在漆黑的后院里，荚蒾花在那儿盛放，我把脸埋进花香里哭泣。遛完克莱门蒂娜，我会上网阅读医学期刊里关于非小细胞腺癌的报道。“预断”这个词还没有进入我们的对话，可我知道。我打电话给两个医生朋友，他们都好心地直言相告。他们都不相信她能活过几个月。

在这些电话交谈中，我做了许多笔记——有潦草的，也有详尽的，有引自医生朋友的话，也有我自己对高深理论的组织整理。“最糟糕、最晚期”，我在“第四期非小细胞腺癌”下面写。“肝脏肿瘤……放疗能缓解疼痛和脑部肿胀。”然后我在这一页的末尾用小字写道，“对延长生命毫无帮助。”

卡罗琳的医生对肺部肿瘤的起因和来源意见不一：一位肺病专家断定它与吸烟有关，一位肿瘤学家同样断定它与吸烟无关。这对卡罗琳来说至关重要，我却不以为意。不过我尽力让她免受肺病专家结论的折磨，他工作在最前线，每天目睹的种种惨状可能已令他铁石心肠。卡罗琳已经在确诊前一周戒了烟。她坚信：她经历了与自我毁灭的漫长斗争，才从厌食症和酗酒中恢复过来；她需要知道，她付出了巨大的努力来拯救自己。我不太关心肿瘤的起因是出于实际考虑：尽管我曾担心卡罗琳抽烟的问题，但它是否为致病因素对诊断毫无影响，就像被推下高楼并不能保护你不会从上面跌落一样。

周五开始化疗的那天晚上，我走进病房，卡罗琳穿着我带给她的 T 恤躺在床上，手臂上打着点滴。她问我能不能留下那件T恤，我说当然可以。她让我给她的新水下运动手表设置程序，等她出院了就能记录自己在泳池里每游一圈的时间。从前她总是根据我的步伐调整节奏，现在我也一样：她带队，我紧随。“如果在这之前你告诉我，”那天晚上她说，“有人得了肺癌，而且转移到了四个地方，我会说，‘我的天哪，他只剩半年了。’”然后她伸出打着点滴、纤细却肌肉发达的手臂，摇了摇头，笑道，“可是医生不知道我有多强。”

所有这一切仿佛就在昨天，又恍若隔世，存在于时空的裂缝间，驻留在想象中。我记得一切是因为我记得一切。与你所爱的人共渡难关，那些对话就如同树上被磨出了光亮的疤痕。现在我惊讶于自己记得的一切，虽然也许不该如此惊讶，因为我已经把卡罗琳的声音铭刻在心。那个声音：抑扬顿挫，高低起伏，恰到好处的幽默。我永远不会失去。

到了周一，化疗的副作用显现出来。刚确诊那几天，卡罗琳给她的心理咨询师打了电话——一个她认识并且爱了二十年的男人，可他没有来医院。他们可能都在竭力推延面对严峻的现实。那天她不管在生理还是心理上都失去了惯有的镇定。她极度不适，虚弱无力。她睡着时，整个下午我几乎都坐在她身旁。四五个小时过去了，其间她会醒来，折腾一番再睡去。我会用一块冷毛巾替换另一块，循环往复。这岗位既奇特又简单，时间与思维都化为乌有。后来，卡罗琳告诉我，那个下午她一直梦见我和她哥哥，他也在病房里忙进忙出。

电话铃响的时候，我赶紧抓起电话以免吵醒她。“卡罗琳？”一个男人的声音。“不是，”我说，“我是盖尔。”“哦，盖尔。”她的心理咨询师说，他认出了我的名字，也知道我很熟悉他的名字，“我是大卫·赫尔佐格。”我把手罩在话筒上。“我正要打电话给你，”我说，“你得来这儿一趟。现在。”

那天晚上他来了。后来卡罗琳和我笑谈我那严肃果决的命令——我能做她做不到的事，跨过恐惧的界线向他伸手。他是个强壮粗犷的男人，接下来的几周，我对他充满好感，依赖着他的坚强和率直的善良，而余下的世界似乎都在随着某个发狂的陀螺乱舞。当医疗现实与情感现实发生冲突，我与赫尔佐格商讨，他每隔一两天就打电话来看看我是否还撑得住。我可以坦率地与他谈论卡罗琳正在经受什么，以及她还能活多久。我们假设有一件现成的亲密斗篷，它不会令我们失望：我们的感情犹如建立在风洞中。我们知道彼此都是卡罗琳生活的中心，也都知道彼此会失去什么。

这是多年来卡罗琳和我分享的又一片亲切的草地。赫尔佐格，她这样叫他，是她在厌食症的彼岸重建的生活中的支柱。我们都对强大的父亲有着深深的依恋，也都在各自的男性心理咨询师那儿找到了庇护。更核心的是对心理动力学疗法的共同信念：漫长、崎岖（通常也是单调乏味）的过程，你带着你的恐惧和过往待在房间里，旁边有一个能够承受你故事深度的目击者。我们身处的文化环境（20 世纪 60 年代后的东海岸）当中，心理治疗被认为是理所当然的；我们都认为我们在治疗上倾注的努力，对确认我们是谁以及我们所获得的发展至关重要。卡罗琳和我相信心理治疗的变革力量，就如同我们相信匿名戒酒互助会，相信真理，相信狗的忠诚。

卡罗琳在医院里度过了那周余下的时间，直到有力气回家。莫雷利搬到她家去照顾她。医生希望通过药物和放疗来稳定她的病情，以便她能承受后面几周的化疗。她的一群朋友和一大家子亲戚考虑到了因病丧失自理能力后的种种细节：每次换岗时都有人遛狗、做饭和开车。她进入了那种健康人忧心忡忡却难以体会的虚弱状态：我们都像心碎的母鸡一样围着她转，而卡罗琳只是在努力咽下一个面包圈，或是打上一通电话。在她的坚持下，我们试着和狗狗们一起在鲜水湖散了散步，绕着半岛上游大概走了一百码——通常只需五分钟的路程现在花了三倍时间。我们停下来坐在长椅上休息，喂狗吃饼干，然后再走。她脚步一摇晃，我就伸出手臂去扶她，这种角色的互换是如此自然而又令人痛苦。

她开始表现出细微的神经系统症状，我觉得这是最令她恼火的——她在我面前掉了两次毛巾并拒绝让我捡起来。这些日子，我们保持着半是暗语的对话，但仍像卡罗琳以前渡过小溪时那般沉稳。“你只是想推卸给我做汤的责任罢了。”我会说，指的是她过去许下的等我老了给我烧饭的承诺。一天晚上，她头一次在医院外碰上她的肿瘤医生，随后她给我打电话，开始引用关于预断的统计数据，比我读到的版本要乐观：正在进行的临床试验，麻省总医院的新研究，两到五年的存活率。她用柔和轻快的声音背诵着，我一言不发地听着，觉得客厅的光线是那么刺眼。

“关键是要争取时间。”她说。我们俩都欲哭无泪，陷入沉默。我不想让她操心我，我也不确定该怎么照顾她，我能做的只是开车陪她去做化疗，做一些没用的食物，留意她的每个暗示。

但当她开始掉头发时，她崩溃了。“我知道这很可笑，”她说，“可这是我唯一能专注的事。其余的都太大了。”那个周末，一个替她理了多年头发的男人来到她家，剪光了她的长发。他带来了一打玫瑰，而且分文不收。我从美国癌症协会拿到一本关于治疗引发的副作用和脱发的小册子，订购了半打帽子和围巾给她戴。一天在化疗室外的候诊室里，我们一起大笑着翻看目录，泪水开始从我脸上滑落，尽管我没想要哭。这下我一发不可收。我摇着头，不让她触碰我。

“我害怕让你知道情况有多糟。”我说，“我害怕如果我告诉你，你会觉得我不够强大，承受不了，你就会隐藏你的恐惧。”

“**盖尔**。”她说，“我已经知道有多糟了。在某种程度上，这对你和莫雷利来说比对我要更难。”

我们周围是其他等着做化疗的人。在整个交谈过程中，几乎没人看我们一眼，除了一个女人，她递给我们一盒纸巾，然后继续看她的杂志。我发觉这令我解脱，也给我上了一课：在这个地方，似乎没有人会因为陌生人的情绪而感到不安。我们进入了一种隐蔽的绝境文化，在那里人们要么即将死去，要么努力活着，内心赤裸袒露。

那是5月初一个晴朗的午后，我们提早到了医院，就盘着腿面对面地坐在屋外晒太阳。卡罗琳的职业生涯已经被搁置了，可有一项重要的写作任务她忘了取消，为一份爱狗人士的杂志写一篇关于她和露西尔的文章。

“我该写些什么？”她问我，“只有一件事比失去你的狗更糟，那就是你知道自己活不过她？”

她的声音沙哑，我知道她已经超越了恐惧，那是我未及之境。我也知道，最好也最难做的一件事就是闭嘴聆听。任何关于希望的虚假承诺或安慰，都是对我们当下处境的逃避，此刻我们坐在奥本山医院的草地上，沐浴着阳光，我的手指环绕着她的手腕。

›››

5 月初在朋友马乔里家的后花园里，卡罗琳和莫雷利结婚了。如果说这是一场战火下的婚礼，她的朋友们则把它变成了一首田园牧歌。不屈不挠的桑蒂是卡罗琳的好友，也是《凤凰报》的前编辑，她身材高挑，一头红发，现在住在费城。卡罗琳生病的几周里，桑蒂的车都快在高速公路上擦出火来了，她于婚礼前一周赶到，带来了五双红鞋供卡罗琳挑选，外加一大桶自制的米布丁。卡罗琳的表妹莫妮克提供了自己结婚时穿过的酒红色曳地长裙，夺人眼球。婚礼那天早上，我们的朋友特里——她通常在自家后院养鸡，以活跃邻里气氛——用缎带和百合点缀了通往马乔里家的整个街区。作为一名摄影师，莫雷利身兼两职，这个明智的策略让他能撑过全场，同时为我们捕捉下这一天。露西尔拿着戒指（卡罗琳为她找了个缎面枕套），而我是她谦卑的看护人。卡罗琳让我找一首关于爱与承诺的应景诗来读。我花了好几天寻找合适的内容：大多数爱情诗都不会设想乌云当头的场景。但我了解卡罗琳想要什么，尽管她和我都渴望幸福结局，可也并不完全相信。无论从哪个角度来看，眼下生活都显得更为艰难。我终于找到一首埃德娜·圣文森特·米莱[1]的十四行诗，它既真切又可以承受，讲述天意摧毁了“命运闪着光芒的纺线”。我正读诗时，卡罗琳打来电话。

“我有一首了，但我想它太灰暗了。”然后我给她读了开头几行，“‘我祈求你，若你爱我，请容忍我的欢乐 / 就一会儿，或者让我为你流泪。’”

“就是它了，”我读到一半，她突然说，“就这首。你一定得念。”

那天莫雷利给我们俩拍了张照片：我们如同两株树苗那样紧紧相拥。婚礼后的那天夜里，她、莫雷利

1　埃德娜·圣文森特·米莱（Edna St. Vincent Millay，1892—1950），美国诗人、剧作家，于1923年获得普利策诗歌奖。——译注

和我一起瘫倒在她的沙发上，回忆当天的点点滴滴。“你觉得怎么样？”我问身旁的卡罗琳。她闭上眼睛，绽放笑容：“安慰。”

三天后，我飞往奥斯汀，开始为期四天的旅行。几个月前我就计划要出席一所大学的毕业典礼。我在登机口给卡罗琳打电话，告诉她安检人员拿着我的牛仔靴偷偷跑开了一会儿，典型的后“9·11”世界，逗得她哈哈大笑。登机提示响起，我一时语塞。“我不想离开你。”我对她说。“去吧，”她说，“你不在的时候，我不会有事的。”那是我们最后一次交谈。那天晚上她打电话到我剑桥的家里留下口讯，说医生想让她第二天去医院——他们担心她新出现的一些神经抽搐，他们原以为那是放疗造成的暂时症状。

周五早上 8 点，我必须上台参加一个两小时的典礼，等我下台查看手机，发现有三条新信息。那天半夜，卡罗琳被救护车送到了急诊室，结果发现她的脑部有一系列出血。她丧失了说话的能力，也不清楚她还能明白些什么。我站在得克萨斯大学的校园里，先是从卡罗琳的表妹苏珊娜那里得知了消息，她是个医生，然后是马乔里，她很清楚该叫我回去了。我找到一个航班，当天下午从奥斯汀起飞，途经芝加哥。那天早上我被授予一个荣誉奖，我去赶车时，证书掉在地上，框碎了。我差点就把它扔在那儿了。那个瞬间如此可怕，仿佛所有细小的生命象征都被更为黑暗的真相似逆流般一扫而空。午夜过后，我回到了剑桥。

对我们这些爱她的人来说，接下去几天里那种骤然降临的恐惧，部分原因是不确定到底发生了什么，也不知道她正在经历什么。我走进病房时，卡罗琳的眼中尽是恐惧。有人跟她说我来了，她痛苦地叫了一声。在我听来那意味着两件事：一是表示她认出了我；二是她知道我的出现意味着什么，情况得有多糟，我才会穿越美国飞回来。

去除言语，你会发现包裹着它们的所有装饰。肢体语言，手势，眼神的故事。莫雷利和卡罗琳的兄弟姐妹应该拥有她全部的医疗代理权，可那周起草的文件还没有签字。我们想看看她能否了解状况，能否握住笔。我握着她的手说："卡罗琳，是我。如果你明白我说的，就捏捏我的手。"她马上紧紧抓了一下我的手作答。"好的，"我说，"我们需要你在委托书上签字。如果你觉得你可以——"她的回答打断了我的话，她差点捏碎我的手。这是一个有意义的完整句子，充满了不耐烦和高效率。我扶着她，她在表格上潦草地签下自己的名字。

从那天起，她的手臂替代了她的嘴巴。一天夜里，我坐在她床边，把头搁在她身旁的床垫上。莫雷利见我疲惫不堪，起身在我脖子下面垫了一条毛巾。在之后的几周里，似乎唯有病房里的光线和呼吸的次数会被关注，而他无数次地展现了他的风度，这只是其中一例。然后卡罗琳伸出手臂，用手捋了捋我的头发，这足以安慰我好几天。我们保持着那个姿势，直到一起坠入梦乡。

我们这些年一直在交谈——别人也许已经放弃，我们还在交谈，梳理情感、谈话，以及错综复杂的日常生活。现在她无法再开口，所以我也不再开口，我们的叙述成了沉默的舞蹈。我会在她的床尾待上几个小时，而她是否知道我在那儿，多数时间里我并不清楚。不过卡罗琳和我的友谊始于一种联结，建立在非语言交流的巧妙真理之上：与动物对话所必需的身体、手势和眼神交流。她刚病倒，我就带着一件她喜欢的T恤去了医院，它来自纽约的犬吠小餐馆，背面写着“坐下！待着！”。我知道什么叫“坐下待着”，也明白它有多直接、多重要。所以我也照办，我坐下，我待着。

十

那颗伟大的心——自然不会轻易死去。脑出血后没几天，他们就给她装了注射吗啡的中央静脉置管。我愿意相信，药物已大大减缓了她的痛苦，让她能自在无忧地漂浮在某个地方。我并不知道真相，就像我们无法理解一门之隔的死亡世界。然而无论在那时还是她走后几个月，那个问题始终困扰着我。我明白目睹病痛如同阴霾当头却又无能为力：健康人，意识清醒，看着他们既无法体会也无力改变的一幕。病痛篡改了结局，将死神的披风从黑变为白。它是时间之外一条光线昏暗的长廊，一个让人疲惫不堪的地方，也是唯一庞大到能够迫使你替死亡拉开大门的事物。

那晚脑出血后，卡罗琳活了十八天。莫雷利带着露西尔几乎搬进了病房。（一天夜里，有个新来的护工离开病房走进过道，咧嘴笑着说："这儿他爹的有条狗！"我们如打仗般紧绷的神经难得一松。）那几周里，我精力充沛得令人不安。我知道悲伤迟早会到来，我尽可能地拖延下去。我会去医院给莫雷利送饭，或是用手支着头跟赫尔佐格打电话。一天下午我跟明尼苏达州的路易丝通了一小时电话，我们在电话两头朗读诗歌，除了偶尔发出“啊！”和“哦”，几乎什么也没聊。我会突然热切地与人联系，毫无征兆地痛哭流涕或是根本不哭，对陌生人礼貌得过了头。在鲜水湖散步时，我用手机给朋友马修打了个电话，收到他的语音信箱后，我留下一条长长的乱七八糟的信息，还磕磕巴巴地提了个问题。这问题在我看来非常深奥，就像一个孩子努力想要理解宇宙。“要是……”我大声说道，“我的意思是，我知道这听上去很蠢，可要是死亡……不是坏事呢？”

不管这问题多天真，我现在明白自己正踉踉跄跄向丧失的彼岸走去。接受死刑如同以慢动作摔下楼梯，每一次有一处瘀伤——撞一下，砸一下，再跌落一点。我快要筋疲力尽了，可我揣着一种狂乱的目标继续向前，仿佛我能逃脱正在发生的事实。从得克萨斯回来的那天晚上，我找到了赫尔佐格家的电话号码，从医院给他打了电话。他拿着一把铃兰走进病房——他知道无论发生了什么，卡罗琳仍有嗅觉——走到她身旁，把花凑近她的鼻子。这番举动中透露出的极致善意令我屏息。接下来的几周里，我向他吐露我的忧虑痛苦，而在大部分爱她的人面前，我都抑制着这种情绪。临到末了的一天夜里，在医院的走廊里，我问他怎么看眼前的状况。他说："把你没跟她说的话都说了。"我笑了笑，如释重负。"没什么了，"我说，"我什么都跟她说了。"第二天，他们按照她的意愿停止给她输液。莫雷利打电话告诉我事情做完了，我在厨房里发出一声哀号，那是动物的悲鸣。

死亡的细节令人悲伤和痛苦：呼吸和等待，呼吸和等待。身体这台精妙的机器知道怎样以及何时停运歇业。可卡罗琳如此强大、如此坚定，即使面对这最后的任务，她也以顽强的力量走向终点。我在水上观察她好多年了，现在她正如安妮·塞克斯顿[1]所说的那样："庄重地划向上帝。"

而对我来说，上帝是个难以捉摸的监工。成年后的大部分时间里，我都是个背弃信仰的新教徒，或者又如战壕里临危抱佛脚的士兵，那些在任一方向上都能给出确定答案的人总是令我惊讶。然而我对某种比人类意识更广大、更不可知的事物的信仰，从未在如此亲密的层面上经受炙烤。有时我会走进医院的小教堂，坐在黑暗里，把沉默如披肩般穿在身上，然后耸

1　安妮·塞克斯顿（Anne Sexton，1928—1974），美国诗人，她的第八本诗集《庄重地划向上帝》（*The Awful Rowing toward God*）在她死后出版。——译注

耸肩，回到楼上卡罗琳的病房里。有天晚上特别糟糕，我记得自己盯着病房外面走廊里的灯光，感受着这条路可怕的结局——在那一刻，终点似乎就是终点，就像开车撞向一堵砖墙，另一边空无一物。我想那是我一生中最悲凉的时刻之一，我觉得那晚病房里唯一的上帝似乎是吗啡滴液。我突然冷静地意识到，**这**就是凝视虚无的感觉——在这个宇宙当中，除了生存、忍耐、死亡的天生本能，一切皆无意义。我所目睹的平常如早晨。现在是卡罗琳谢幕的时候了，而我无法忍受这场景里没有光也缺乏意义。怪不得我们要编造什么复活的神话，它在黑暗中提供了一道缝隙，唯有如此才能忍受这终局。

我试图重新捕获那种模糊的洞察力，却发现已经丧失了其中的大部分。我们生来就是健忘的。我们必须继续向前：搭建桥梁，学习语言，生育孩子，用棍子敲打石头找出节奏。当死亡降临，所有的脆弱显露无遗。但不会太久。记住死亡的吞噬与力量，就像试图把水握在手中。我从那条黑暗的小巷里有所领悟，当涉及上帝，我无须知晓——在那可怕的场景之外是否存在着别的东西，对此应心怀谦卑的无知。随后的几个月，我一直在思考“必要的神秘”这个短语，仿佛它能抓住我如今在宇宙中应处的位置，介于知道与不知道之间，介于我所认为的基于宗教确定性的傲慢与无神世界的绝望之间。

她是在夜里死去的，白天我赶完了一篇稿子。并非我故作坚强，而是因为我知道那是她最后的二十四小时，之后我就会崩溃，此时写作能让我在相对不那么痛苦的地方待上三四个小时。那天我提起笔，因为那是我唯一能做的事。我猜那是她想要的，她自己也会那么做。

前一天是周日，我在医院待到深夜，后来她的兄弟姐妹和莫雷利留在那儿，我回到家沉沉地睡了十个小时。三天前卡罗琳失去了意识。我坐在她身旁数着她的呼吸，直到数字本身不再有意义。我最后一次抓紧她时，她发着高烧，即使静止不动，她仿佛也在活力满满地工作。几天前她就离我们而去了。

周一午夜过后的几分钟，我的电话响了。我坐在床上盯着电话，答录机开始工作，我听见她哥哥的声音，脑中有个念头一闪而过：**如果我不接电话，她就不会死**。然后我抓起电话说："安德鲁？"他温柔的声音告诉了我一件我已经知道的事。挂断电话后，我关上灯，在黑暗中躺了一会儿。然后我起身给卡罗琳在费城的朋友桑蒂打电话，铃声一响她就接了。我们聊了很长时间，同时点燃了蜡烛，就像孩子们用罐子捕捉萤火虫。

接下来的几天，我保持着平静，这令我感到恐慌。在剑桥这一带，卡罗琳认识不少圈子里的人——养狗人、作家、赛艇划手、“匿戒”成员——她生病的事早就传开了，附近经常有人拦住我询问她的情况。她死后的第二天下午，我和克莱门蒂娜一起走去鲜水湖。两三个人拦住了我，当我告诉一个老年男人时，他哭了起来。我像牧师般显露出令人不安的冷静。“我很抱歉，”我把手放在他胳膊上说，“她昨天午夜死了。”

我将学会接受平静时期的本来面貌：从旋涡中解脱出来。但它们当时吓了我一跳，之后我对这件事的模糊记忆，以及其他一些原始反应也令我吃惊。我回到家，开始煮足够一支军队吃的黑豆，尽管没人说要过来。我发现自己正用孩童般冷酷的实用主义计算着朋友——还有谁留在这一伙里？意识到这点后，我心里开始拟订一份即兴的名单，我草草写下他们的名字，贴在冰箱上：我可以在凌晨 3 点给这些人打电话。我并未在凌晨 3 点给谁打过电话，也许就是因为我拥有这份名单。

到了深夜，黑豆被消灭一空。开始有人来到我家，络绎不绝，穿过厨房走进后院，或是坐在前门台阶上。马乔里从自己的遭遇中汲取了充满经验的智慧，她走进我的花园，脸上挂着美丽的微笑。汤姆在电话里大喊：“哦，我的天，你还好吗？”然后带着打包的中国菜出现了。弗朗西斯卡虽不认识卡罗琳，但很关心我，她带来一根忍冬藤，如今它还在杂乱的花园里生长。驯狗师凯西最早建议卡罗琳与我互相接触，也成了我们俩的好朋友；她和她丈夫里奥站在厨房里，听我讲述乔克鲁阿湖和卡罗琳教我划赛艇的故事，又是哭又是笑。屋子里到处都是狗、人和空盘子，午夜时分我终于吃了一颗安必恩睡下。随着伤心而来的，还有讽刺和惊讶。卡罗琳和我从相似的宁静独处的庇护所里向对方伸出双手。现在她走了，她的离去让我的大门朝四面八方敞开了。

我们每个人从悲伤中获得的教育都是速成式的。卡罗琳死前我属于另一个世界，一个期望呈线性发展的天真之地，在那里，我以为悲伤是一种简单而痛苦的境地，忧愁与思念会逐渐消退。这个定义遗漏了丧失给身体造成的打击，以及暂时的狂乱和一系列不那么直接却强烈到令人震惊的情绪。几个星期，也许是几个月，我犹如在水下移动。但在死亡与追思会之间的最初几天里，泪水与惊奇茫然地倾泻而出。一部分的我以惊人的敏捷性完成适当的动作：找到那首周五早上要在小教堂里念的诗，大声地试读。另一部分的我则坚信自己无法从 A 点到达 B 点 —— 在精神上、在众人面前将她交付出去，那就像弦理论一样高深莫测、令人困惑。我的老朋友皮特从俄亥俄州打电话来询问我的情况，卡罗琳死时他不在城里。我向他倾吐了一直害怕说出口的话。“我觉得我做不到。”我说起第二天的追思会，“我不知道该**怎么**做。

他沉默了一会儿，随后说出的话如此安慰人心，我会永远铭记。“要知道，盖尔，”他说，“我们这个物种经历这种事已经很久了，几乎就像是 —— 身体自己就知道该怎么做。”

卡罗琳半信半疑地认为，她谨慎的处世方式让她没那么出名，因而也免受大众的关注。追思会的阵势肯定会让她大吃一惊。奥本山公墓的小教堂里，人多得都快挤不下了。那天上午一直下着寒冷的暴雨，凯西到我家来接我。我们开车来到小教堂的入口处，我跟她说我不知道自己能不能走进去。幸好她没有急着安慰我，也没有想当然地以为我只是嘴上说说。“你能走到门口去吗？”她问。门就在四码外，所以我走到门口。莫雷利等在那里，之后我就没事了。

那天上午我朗读了路易丝·博根[1]的《最后一幕之

1 路易丝·博根（Louise Bogan，1897—1970），美国诗人。——译注

歌》（“Song for the Last Act”），开头的几行是：“既然我把你的脸庞记在心里，我看的 / 只是它逐渐暗淡的轮廓而不是五官。”追思会结束后的两天，这首诗的韵律萦绕在我脑海里，我散步时，我游泳时，我睡前最后的思绪里，内心都回荡着一段悦耳的背景乐。仿佛古老的唱诗班驻扎在我心间，赐予我这美妙的圣音，这是属于我的一小节乐章，也是一种无以言表的悲伤的伴奏。两天后，它犹如人行道上的雨滴般自然消失了。

〉〉〉

最初的伤痛造成的破坏是惊人的：恣意难控，变幻莫测，阴郁沮丧。要是我能开始悲伤，我想，那我就能**应付**它了。我还没准备好接受它带来的纯粹的肉体折磨，如同披上铅衬的大衣，需要好几个月才能摆脱那种钝痛。无论我自以为对丧失有多少了解——我对“后卡罗琳时代”有何期待，忧惧何时结束，焦虑何时终止——我都不知道这意味着我将进入一个永恒不变的新世界。我似乎始终生活在卡罗琳不在的现实里，有时这个事实几乎令我窒息。追思会几周后的一天晚上，我试着给两个朋友做晚饭。我勉强地跟他们一起吃了半顿饭，才意识到我不知道自己在做什么。他们和气地坐在那儿，面前的盘子里摆着简朴的鸡肉和米饭——我忘了做别的东西——我说了声抱歉，走进厨房抓住料理台。她**死了**，我想。这字眼本身就如此残酷。我向来不喜欢文化中涉及死亡时使用的委婉说法，比如“走了”“过世”“去世”。它们似乎在逃避，过于感伤，这种方式淡化了死亡这一概念的宣告力量。

现在我明白我们为何要削弱词汇的力量了。**她死了**。

为了理解自己正在经历什么，我读了所有我能读到的东西。《哀伤与抑郁》[1]，W.H. 奥登，艾米莉·狄金森[2]。诗歌比弗洛伊德更管用。我煞费苦心地，也许是不由自主地，开始分解双重损失的戈尔迪之结[3]：卡罗琳生命的最后几周里我对她的忧虑，与现在我自己饱受折磨的孤独是两回事。关于死亡的一切都是陈词滥调，直到你置身其中。我孤寂得快要发疯，而它常常伪装成愤怒。书本不会告诉你，一些本能的怒火会无端来

---

1 《哀伤与抑郁》（*Mourning and Melancholia*）是弗洛伊德写的一篇文章，他在文中通过对比普通的哀伤与抑郁来讲述他对抑郁症的理解。—— 译注

2 艾米莉·狄金森（Emily Dickinson，1830 — 1886），美国诗人。—— 译注

3 戈尔迪之结（Gordian knot），一则起源于古希腊的传说。弗里吉亚的国王戈尔迪将一辆战车的车辕与车轭绑在一起，打了个死结。几百年过去，无人解开此结。率军征战的亚历山大大帝见到绳结后，并不费心辨别头尾，而是挥剑将其劈成两半。斩断戈耳迪之结也就意味着打破常规思维，果断解决问题。—— 译注

袭，除了随死者而去，这是唯一可以忍受的选择。死亡是一场无人要求的离婚，要想挺过去，就得想办法从你认为不可承受的丧失中解脱出来。

我发现自己在怀疑或贬低我们友谊的强度，仿佛我可以抛弃爱，从而越过痛苦。此番疗效持续了大约二十分钟，或者说直到我跟一个我们俩都认识的人说："哦，好吧，也许我们没那么要好。"听者突然大笑起来。我开始努力回想所有我不喜欢她的地方，并不太多。或者我会把赛艇划到河上，大声地和她说话——说得太多太勤，以至于我开始把某段水域称为卡罗琳教堂。我向她汇报露西尔的情况，告诉她人们说过做过的或仁慈或愚蠢的事，让她知道我们大家是如何坚持下去的。一天下午，我隐约意识到自己该是副什么样子——一个划着赛艇的孤独女人，微笑着同她隐形的朋友交谈——这种有去无回的对话里潜藏的疯狂和空虚攥紧了我的胸膛。“哪种情况更糟？”我问她，“是我跟你说话却没人在听，还是你在那儿等着而我不跟你说话？”我想她会因我的沉默而多么无助，也许还会恼火。所以我继续说着。我抱怨几年前发生的事。“我觉得你不该为我丢了你的滑座而生气。那是个意外！”或是“你总是匆匆忙忙的，为什么那么着急？”

夏末多云无风的一天，我和莫雷利碰面，打算把卡罗琳的赛艇从她参加了好几年的河滨船艇俱乐部，移到上游几英里处我所属的俱乐部去。这一天我们两个都期待或者说惧怕了好几周，因为我们知道卡罗琳在水上是什么样子，也知道划艇对她意味着什么。我们把我的车停在剑桥船艇俱乐部，再一起开车去河滨俱乐部。一个认识卡罗琳的划手帮我们找到了她的赛艇，并把它从内湾拖到河面上。我带来了我自己的一副桨，莫雷利想留着卡罗琳用过的那副。在艇上固定桨时，我们一言不发。随后我拥抱了莫雷利，他们将我推离码头，莫雷利站在那儿看着我划走。卡罗琳很喜欢这艘艇，还教我划它。生命的最后十年里，她每年都要划大约五百英里。她一直如同一幅沉静的画，载着我飞翔。我不想让莫雷利看见我崩溃，最初的五十码，我只能全神贯注于一件事：我必须往前划，不然他就垮了。我划到第一座桥，转了个弯，过了我知道他能看见我的最后一个地方。然后我停止划桨，把艇泊在阴影里，头靠桨柄哭了起来。

十一

她的房子卖掉之前的第一个冬天，莫雷利和我一起照看那里。我们轮流开车去取信、发动车子或检查暖气。那年冬天格外严酷，我走进门厅，在大约五十五华氏度的气温里感受面前铺展的忧伤，如同走进雾中。生活中断了：卡罗琳的鞋子仍在门边一字排开，她的外套——与遛狗时的各种天气搭配——口袋里还有饼干。她的冰箱门上有一张我们俩勾肩搭背的合影，那是在乔克鲁阿度过第一个夏天时汤姆拍的，好多年前就被她贴在那儿了，我始终不忍心把它取下来。拆房子的时候，有一天它就那么消失了——一定是跟没用的调料、塑料袋以及别的构成生活轨迹的东西一起被扔掉了。自从卡罗琳最后一次去医院，莫雷利就把露西尔带到了自己身边，所以她的气味逐渐退去。我总是带着克莱门蒂娜去那栋房子，她只在第一次去时兴奋地吠叫，寻找卡罗琳和露西尔。她的鼻子一定告诉了她我没法对她说的事，从那以后，当我在房子里走动时，她只是待在我身旁。

有时候我会坐在寒冷的客厅里，任痛苦自由奔淌。我觉得那是唯一能反映我内心的所在。这世上所有别的地方——我自己的家，我与朋友们的联系，我和狗在一起或在河上或在游泳池中的日子——都是我悲伤的折射版本；它们都令我克制，映衬着这个故事，甚至帮我暂时遗忘。而这儿就是故事本身。在这儿，在令人不适的低温里，在博物馆般的沉寂中，卡罗琳走了。它冲破了我的怀疑、我与上帝的交换以及我其他的防御。因此我需要去那儿，也讨厌去那儿。

一天下午，我上楼去查看东西，结果开始翻她的衣橱，就像我们以前常做的那样，也是我和我姐姐小时候的爱好。我套上我们都喜欢的毛衣和衬衫，照着镜子，克莱门蒂娜躺在地上看着我。“这件你穿比我穿好看。”我对卡罗琳说，狗便会抬起头，然后我会试试别的。整个过程中我感到绝望、疑惑而又愧疚，我用了好几年才让自己摆脱这件事带来的痛苦，明白其中原委。我想拥有她留下的一切。我常听说悲痛欲绝的家庭为了难看的灯或廉价的咖啡机争吵，现在我理解了。我所感到的疯狂的渴望并不浅薄，亦非贪婪，而是一种最原始的占有欲。我还留着她的运动包和雨衣，有一段时间我甚至试着穿上她的冬靴，大了整整一个尺码，这很荒唐，但却令人安慰。

记住你终有一死（memento mori）：死者的提醒。我想我们一定渴望这些历史的印记——留在人们坟墓上的棒球、饰品和扑克牌——因为它们填满了逝者留下的空间。她走后的空白惊人地仿佛有形存在，就像是天色变化或街上的房子消失。每当克莱门蒂娜听见卡罗琳开了好几年的那辆丰田 RAV 发出特有的哔哔声，都会摇着尾巴朝那个方向奔去——在我看来，这种纯粹的条件反射如同为这世间所失谱写的俳句。

昨天，我在犹如作家专有积木的成堆提纲和叙事图里，发现一条我写给自己的备忘录。“让她死去。”我在便笺簿的顶端写道，用速记的方式提醒自己进入那段情节。第二天我看见它，简直无法呼吸，有那么一瞬，感觉像是别人给了我这样的指令。让她死去：寥寥数语定义了悲伤的曲线，如果我听过的话，而这需要很长时间。

学会划赛艇后的那个夏天，1998 年的一个晚上，我在河上划艇，想到不久后就要失去我亲爱的父亲，而划艇和卡罗琳会帮我挺过去。每当我们惊慌失措，就会清点同伙的数目。现代西方社会往往将这项任务囿于核心家庭的范围内：丈夫打扫车库或保证收支平衡；我们的家人离世后，姐妹会来帮忙。但世上有很大一部分人建立了别样的忠诚关系，下意识地做出计划。基于环境和自身意愿，卡罗琳和我都在某种程度上转移了对彼此的依赖——与我们的兄弟姐妹以及莫雷利相处，我们都在追求日常生活里的亲密关系和情感上的亲近。谁有你家的备用钥匙？谁是钱夹里的紧急联系人？在某个年纪之前，当你试图逃避而非接受责任时，你根本不会考虑这些名单。而后名单随着情感发展逐渐成形。卡罗琳和我彻底渗透占据了彼此的首要位置，即便在她与莫雷利重修旧好之后，我们还常常拿此事开玩笑。她走后几周的一天下午，莫雷利、桑蒂和我坐在池塘边的公园长椅上。作为她最亲近的三个朋友，我们以战斗般的坦率讨论我们当中的任何一个该如何走下去。“哦，天哪。”我故作痛苦地呻吟道，“现在我看我该找个男朋友了。”我想只有我们三个，才会发现这如此贴切而又真实。

生活自顾自地向前，如同指向死亡之后的单向箭头。几个月来，我感受到时间本身的狂暴，仿佛一艘驳船载着我们其余的人，将卡罗琳留在了岸边。一天我正在扫落叶，突然感到失去的一切形成了一道巨大的鸿沟，我只好停下来坐在门廊上。所有这些原料，从嫩芽到堆肥，仿佛只在一瞬间。卡罗琳已经化作枯骨、灰烬与回忆，我躲在我的花园里耙枯叶，而鳞茎正耐心而又轻率地等着被种植。情何以堪。

“他们全都拿走了。”我在打给路易丝的长途电话里喊道，“这生命的躯壳。然后你走到尽头，发现死亡并无神佑，迫在眉睫，残酷无情。”路易丝最笃信文字的力量，记下了我说的话。于是她为我捕捉到了那个我们都不想记住的时刻，也许对生存举足轻重。**要是死亡不是一件坏事呢？**卡罗琳的死给我留下了一份既有益又可怕的礼物：丧失平常得如尘埃似月光，其中有些令人难以承受，该如何活在这样一个世界上？

最后，不知不觉中，接受包裹了你的心。那年晚些时候，我在附近一栋开放参观的房子里闲逛，看见墙上有一首装裱起来的巴勃罗·聂鲁达[1]的十四行诗，关于丧失的空间性，我以前从未发现这一点被明确表述过。卡罗琳的死是我心里的一处空缺，我不能也不愿将之填补。这些情绪时常涌现，令我困惑，感觉她的离去自成一体，是一段被警戒线圈定的回忆，抹去

1 巴勃罗·聂鲁达（Pablo Neruda，1904—1973），智利诗人，于1971年获得诺贝尔文学奖。——译注

它将是一种暴行。聂鲁达是这样写的：

> 住在我的缺席当中，就像住进一间屋子。
> 缺席是一间如此巨大的屋子
> 身处其间你能穿过它的墙壁
> 然后将画挂在空中。

我在那间缺席的屋子里生活，从中寻求慰藉，直到悲哀成为失去之物的替身。“悲伤…… 提醒我他的一切可爱之处。”莎士比亚的《约翰王》（*King John*）里，康斯丹丝这样诉说她的丧子之痛，“因此我有理由喜欢悲伤。”我知道我再也不会有卡罗琳那样的朋友了，我觉得再也没人能如此了解我。她是不可取代的，这成了一种苦乐参半的忠诚：我现在拥有的是她的死亡，而不是她。

从根本上说，悲伤是一种自私的行为。剥去其优雅的外表——由花卉、炖菜和理解组成的早期攻势——它是一个如此特殊的地方，它的曲线就如关系本身一样复杂。人们怀念床上温暖的存在，夜晚的笑声，或是因一起旅行而共享的姿态、疆域和认识。我在许多方面想念卡罗琳，但贯穿其中的不再是持续的交谈，无论是真实的还是想象的。“我想念**我们**。”那天早上她在医院外面说过。多年来，经历了写作、驯狗以及日常擦碰的磨砺，卡罗琳和我始终是对方脑海中那个安抚调和的声音。现在我的思绪四处作响，未被察觉也无人听闻，孤独的音乐伴随着太多低音。有几个月我一直想打电话给她，几乎相信自己能做到。我想告诉她，她的死意味着什么，她的死对我的生活有何影响。

卡罗琳死后的第一年，我不太清楚自己做了什么，除了一些现在被丝绒般的沉默笼罩着的常规活动。遛狗，读书，观察光线的变化。我坐在客厅的沙发上，读着那些爱我们俩的人寄来的信和卡片，然后再读一遍，这样我就能记住我们在一起时是什么样子。我的朋友安德烈亚拉着我去参加节日派对，那些日子我通常与卡罗琳共度。划艇——天哪，我一直划到双手糙如皮革，浑身酸痛，内心疲惫。我会在暮色中回到艇库，把赛艇从水里拖出来，洗净擦干，好像我在给一匹马放松散热。我知道我写作，尽管几个月都没写出什么像样的东西。我私底下常常疑惑于意识产生的某种承诺或是安排，它们超越了污泥、创造、繁衍、再化为污泥的纯生物学的冷酷胜利。大多数情况下，我无法忍受已失去她这一不容辩驳的事实，或者记忆是永恒生命的真正意义这种浅薄观念，我花了太多时间思考人们从哪儿获得勇气或妄念，可以走过静止的死亡继续向前。一开始希望如同对丧失的一种侵犯，但没有它我们就无法存活。我有个朋友，几年前她的头胎孩子早夭。她跟我说在她最初的悲伤阶段，她从一个男人那里得到了深切的安慰，他意识到人们对死者的强烈忠诚。“真正的痛苦，”他告诉她，“在于你能挺过去。”就像海星，心经得起切割。

十二

多年来，为了让自己免受新英格兰冬天带来的心理重压，我总是躲在有茶和暖气片的室内，直到我有了一条北方雪橇犬。克莱门蒂娜用无数种方式把我带到了外面的世界，其中最严酷的都与季节有关。我们穿过暴风雪，走过结冰的小道；我们在晚上 6 点的黑暗和个位数的气温里前行。因为她，我学会爱上冬日的光线——黄昏前一小时天空中的玫瑰金色，勾勒出下方光秃秃的树上极简主义风格的枝丫。我根据阳光和克莱门蒂娜的欲望安排日常。卡罗琳走后，我发誓我会照旧遛狗，最终在身旁缺失的空间里找到慰藉。

于是一天写作结束后，我和狗会走过几个长长的街区来到鲜水湖旁。那是一片终年存在的绿洲，但在冬天造访的多半是顽固的慢跑者或遛狗人。我们通常会往返两三英里，穿过树林漫步到废弃的高尔夫球场，克莱米在那儿兴高采烈地追赶鹅，对着飞机划过天空留下的尾迹吠叫。

2004年1月底的一个周五下午，我把车停在水库边上的足球场旁，那儿离我家大约一英里。室外有十六华氏度，我想直奔树林。白天逐渐变长，光线似乎更明亮了，我们在飞驰的云团下走了一个小时，冲路上其他顽强的健行者点头问好。克莱门蒂娜八岁了，狗到了这个年纪，尊严和活力步调一致。就算在树林里解开牵引绳，她也很少离开我身边。每次离开水库时，我只要说“等一下”，她就会停在原地，像一匹松了缰绳的马一样站着，等我系上她的牵引绳。

我们刚走出树林来到足球场边上，就听见一个男人大叫:“抓住你的狗！”克莱米挨着我，没有被牵引，我们都停下了步子，部分原因是那男人的声音透着惊恐。在大约十码外的看台边，我看见一个年轻男人肌肉僵硬地蹲在地上，死命想拉住两条没戴项圈也没系牵引绳的比特犬。一秒钟后，那两条狗挣脱了他的束缚，向我们猛冲过来。那条较大的灰白色公狗把克莱门蒂娜撞倒在地，按住她的脖子，另一条狗则攻击她的后腿。克莱米重六十磅，身上裹着厚实的冬季皮毛。萨摩耶犬身上是三英寸长的双层皮毛，浓密如地毯。她对着两条狗又打又咬。我扯着嗓子尖叫："抓住你该死的狗！"然而那男人根本无力拉住两条比特犬。

我不知道克莱米伤得有多重，也不知道那人是个硬汉还是个蠢货，周围也没有别人可以帮忙。那男人终于用手臂各箍住一条狗的脖子，我抓着克莱门蒂娜的项圈，大喊道："求你了，让我们回车上去。"球场边有一道铁丝网隔开街道，我知道我们得走到大门那里。他拼命控制住那两条狗，上气不接下气地点点头。**"快走！"**他喊道，"我抓住它们了。"克莱米呜咽着，气喘吁吁地挣脱出来。我拉住她，我们拔腿在球场里奔跑。

刚跑到一半——大约三十码——我听见身后那个

男人大喊:“当心！”我觉得脖子后面的汗毛都竖起来了。我转身看见两条狗正全速奔跑，然后看见一道灰色闪过天空向我飞来，接下来我只记得自己双手双膝着地。灰色的导弹是那条比较大的公狗，大约有一百磅重，那条母狗去追克莱门蒂娜了。我费力地爬起来，看见克莱米躺在几码开外的地上，两条狗都压在她身上。一条狗按着她的喉咙，另一条咬着她的肚子。它们没有发出任何声音。

我的膀胱像个水球一样瘪了。我超然事外般冷静地意识到，身上穿的牛仔裤都湿透了。我处于被肾上腺素浸润的机敏状态，视野清晰却狭窄，觉得自己无所不能。我感到的不是害怕，而是肆虐的恐惧。我突然想到这一定就是战斗的感觉：交感神经系统调动身体，令其摆脱一切多余之物。我在不知不觉中进入了自动战士模式。

我加入了战斗，走过去从后面捶打那两条狗。为了抵御严寒，我身穿厚重的羽绒服，戴着羊毛衬里的连指手套。而那一刻所有的徒劳无力都被那副手套捕捉到了：我记得我一边拖拽那两条狗的皮毛，一边低头看，感觉自己的手就像是小孩子的。随后那条母狗近乎随意地叼住了我的前臂，就像要把一个障碍物从它的猎物身上挪走。这短暂一瞬最可怕的不是狗施展的暴力，而是控制力——我的手臂在它看来还不及一根树枝。通常你可以从狗发出的声音和表现出的克制力来判断其攻击的严重性——越安静，意图就越危险——我从一开始就知道情况糟透了。比特犬的目标是克莱门蒂娜，不是我。那条母狗捉住我的手臂，克莱门蒂娜趁机死命挣脱了另一条狗的魔爪，以雪橇犬的速度奔逃进树林。

此时那男人已经追上了他的狗，正试着制服它们。我追着克莱米，不知道她的伤势有多严重，也不知道她惊慌失措地逃去了哪里。我开始呼喊她的名字，随即发现我因为大吼大叫而几近失声。已经是下午5点多了，天色转暗，我在雪地上和色彩单一的树林里蹒跚前行。举目无人。我记得自己在胡思乱想，我或许能一直找寻她到凌晨2点——还有许多时间，在那之前我不需要水或食物，身体也不会垮。

几年后，我对那个下午的大部分视觉记忆都如电影般清晰——我在越来越黑的树林里寻找一条白色的狗，我记得当时我穿着什么，我站在哪里，我的手臂、脸和声音是何感觉。琐碎的片段已经消失——我记得我用手机给朋友彼得的语音信箱留言，可我不记得是打给他了，还是想打给他，只记得他信箱里的录音信息。他住的地方离我有四栋房子的距离，他对狗的了解比我认识的任何人都多。收到他的语音信箱后，我像咳嗽似的吐出一连串话：“我们被比特犬攻击了，克莱米受伤了，在树林里走丢了。”后来他告诉我，他听见那条留言时，差点认不出我的声音。之后我给埃弗里打电话，她就住在鲜水湖附近的街角，她立刻出发来找我。十分钟后她到了，第一波肾上腺素已经过去，我明白克莱门蒂娜走丢了。我浑身战栗，无比恐慌。我已经失声，于是埃弗里继续呼唤克莱米的名字。然后我的手机响了，我听见彼得上气不接下气地说：“我跑过去找你。”

在人生中所有的自由落体时刻，总有一些如同跨越深渊伸出的一只援手，令人印象深刻。对我来说，这一次就是如此。我不假思索地说：“不，先去我家。”他住在朝着鲜水湖方向的街尾，我们的房子与鲜水湖隔着一条林荫大道。两分钟后手机又响了，间隔这么短，我知道不是好消息就是坏消息。随即我听见他叫喊：“我找到她了！”我的膝盖失去了知觉。埃弗里把我扶上车，开车陪我回家。

我一直希望那天能有个目击者，出来告诉我克莱门蒂娜是怎么回到家的。她一挣脱那两条狗，就冲进了鲜水湖水库旁的树林里，然后她得穿越树林那边的一个球场，再在晚高峰时横跨一条四车道的马路，接着再过两条街，才能回到我们住的街区。她在城市繁忙的交通里跑了将近一英里。彼得发现她在我家的门廊上发抖。她在流血，浑身都是比特犬的唾液，她自己找到了回家的路。

四小时后，兽医和助手把克莱米的毛剃了一半，开始缝合她背部和身体两侧的伤口。彼得的父亲是个驯马师，因此他知道如何稳住狂躁不安的动物。兽医给克莱米麻醉时，彼得紧紧地抓着她。兽医诊所的人从克莱米小时候就认识我和她。我打电话告诉我的兽医贝丝这次攻击事件，她无法言语。诊所里的两个人在得知发生了什么事情后，留下来等我们到很晚。差不多晚上 10 点了，我们已经好几个小时没吃东西了，尽管我记得出门时抓了一根面包。我知道这将是个漫长的夜晚。他们给克莱米上完麻醉后，我终于瘫倒在手术室的地板上，彼得的比利时牧羊犬克里奥陪在我身旁。克莱米的臀部和肚子上全是刺伤，背上布满深深的裂口，她那厚厚的双层皮毛可能救了她一命。他们终于缝好了伤口，她从麻醉中逐渐苏醒；我蹲在手术台旁，让她醒来时就能看见和闻见我。玛吉一直在协助兽医，在克莱门蒂娜昏迷时抱着她。“你知道吧，”玛吉隔着手术台冲我微笑，“你比我想象的要好得多。”

我笑容满面。“你在开玩笑？”我说，“她还**活着**。”

过了一个多星期，克莱门蒂娜才能不颤抖地走出我家的车道，但作为一条雪橇犬，她有很强的社交本能。我觉得她在心理上恢复得比我快，也比我好。除了酸痛和疲惫，那次袭击留给我的唯一的身体后遗症就是前臂上一个黑色的半月。第二天下午我才发现它，一块比特犬嘴巴大小的瘀伤，正是那条母狗咬住的地方。那条狗咬穿了厚厚的羽绒服和两件毛衣，留下了这个印记；可我直到一天后才感觉或注意到它，那时肾上腺素已被筋疲力尽取代。我在给路易丝打电话时崩溃了，她爱狗，也爱我，知道如何在最糟的时刻照料这两个物种。她送来白玫瑰以舒缓即时之痛，而作为无情的叙事助手，她有更好的方法来对付长期伤害。“我知道这听上去有点冷酷，”她在我们第一次交谈时说，“但你在做笔记吗？”

我那刚满九十岁的得克萨斯母亲勇敢无畏，她表现出另一种忠诚，更像是剑而非笔，她的凶猛足以让我感激地笑出声来。她爱克莱门蒂娜，我们俩碰上的事把她吓坏了。有一天我特别惶恐，她在电话里说：“这让你想拿起一把枪，是吗？”我声音颤抖地回答：“是的，的确如此。”

“听我说，亲爱的，”她说，仿佛在安抚一个决心已定的孩子，“你就是不能。”

袭击发生的第二天，那两条比特犬被动物管制中心带走并隔离了，然后是几个月的庭审。还有市民发起的漫长运动，要求让一条狗安乐死，另一条永久隔离。对我而言，则是闪回、恐惧和貌似不合时宜的担忧。当危险过去后，精神创伤的残渣才逐渐渗入心灵。为了对抗这些渣滓，我本能地以叙述的单纯力量武装自己：从我在树林里给彼得打电话的那一刻起，那天发生的事就开始自我塑造，变成了可以承受的事实。而长久以来，卡罗琳都是我万神殿里的搜救精灵，在重述这个故事时，她如同空气般不可或缺。

在遇袭后的大约三周时间里，我确定那天是卡罗琳救了克莱门蒂娜——她帮她摆脱了那两条狗，指引她穿过疾速的车流，抵达安全地带。我充分、明确而又真诚地相信这一点，这令我免受随机发生的罪恶的侵扰。克莱门蒂娜在短短几天内就成了街区里的传奇角色，不仅因为整件事的恐怖，也因为她历尽艰险的回家路。她的伤口和剃了一半的皮毛引人注目，以至于陌生人也会停下来询问我们的情况。认识卡罗琳的人在湖边看到我们时，我多半会露出疯子的眼神说："我想是卡罗琳救了她！"大家熟悉的我不太会说这种话，我更倾向于经验而非神秘幻象。如果有人听我这么说而感到惊讶，他们还是好心地随我去。袭击发生后的头几天，我在半睡半醒间做了个梦，梦见我从熟睡中醒来，在漆黑的屋子里对卡罗琳说："哦，我的天，是你，对吗？"她以温柔而会心的笑声回应，似乎被逗乐了，因为我对显而易见的事情反应迟缓。只要我需要它的力量，我就会把我的信念当成氪石[1]盾牌一样穿在身上，直到我又能和狗一起站在球场上，而不用一再扫视地平线以防灾祸降临。

现在呢？我怀疑我永远都不会被任意一方说服。至今我仍在跟自己讲这个故事，故事的框架是童话般的奇思妙想，树林被施了魔法，怪物俯首称臣，爱与勇气总能战胜危险。

“死者保护我们。”一天晚餐时，我对朋友安德烈亚说。足球场上那阴郁的一天已经过去，我也很久不再宣称是卡罗琳的灵魂护送我们回家了。这句话脱口而出，如吟诵祷文般确定，虽然我对自己的想法一知

1　氪石（Kryptonite），美国 DC 漫画旗下的“超人”系列漫画里的一种虚构物质。——译注

半解，直到大声说出来才意识到自己是这么想的。**死者保护我们**。现在体味这句话，如释重负。卡罗琳的死迫使我临危勇敢，如今她就像个沉默的哨兵驻扎在我心中。无论把这种依恋归因于记忆还是上帝，它都是一种我从未见过的安慰。你与我同在。“他们全都拿走了。”那天夜里我被绝望击垮，在电话里对着路易丝大喊。原来他们并没有把所有东西都拿走。

我从克莱门蒂娜遇袭的余波中有所领悟，而当时我疑惑不解，惊恐万分。在经历了这么多的恐惧和暴力之后，我的狗安然无恙地活了下来，但我却怀着母亲的复仇心理为她担忧，这似乎掩盖了我对死者的哀悼。我为自己难以慰藉的焦虑感到羞愧。克莱米还活着，卡罗琳已经死了，可我现在却为了获救的那一个而痛苦。随后我意识到哀悼手册不会告诉你的另一件事：我们只会担心生者。我可能会为卡罗琳伤心一辈子，但我不会再为她烦忧。

她去世几年后，我在她的两本书中发现了她给我的题词——第一段写于我们交往几个月后，第二段写于两年后。我想我们从一开始就知道这段友谊非比寻常，我们会努力让它免受时间的侵蚀。“献给我最亲爱的盖尔，”她在《两个是一对》的开头写道，“我对你的爱与感激无法用言语表达。你的出现——在这世上，在树林里，在这本书中——改变了我生命的质地。敬我们共同拥有的一切，敬将与我们漂亮的姑娘们共度的更多岁月、更多旅程。”

2002 年那个风平浪静的日子，我把卡罗琳的赛艇划到了上游，从那以后它已经划了大约两千英里。现在我比去世时的卡罗琳大了十五岁，划艇速度不比往昔。可每当我在每一季开始时略有迟疑，就会闭上眼想象她精准的划艇动作，然后做出调整。她还是我的教练。一天下午我划了五英里归来，把艇停进水湾，我大声对她说:“你会为我骄傲的。”我的意思是我一直在划艇：坚忍是我们彼此欣赏的特质之一。可现在我知道，我指的是比划艇更重要的东西，与疲惫、沮丧和恶劣天气里所经历的里程并行的那些东西。卡罗琳会为我骄傲的——为我们骄傲——因为我还留着她。

十三

克莱门蒂娜跟我在一起又过了四年。我们常常在餐厅的波斯地毯上相依而卧，我搂着她说：“让我们瞧瞧你能不能撑到十三岁。我们能做到吗？”她会从胸腔深处发出一声叹息，翻个身仰卧。1995 年 6 月 3 日，我把她带回家，她才八周大，那天也是我父亲的八十一岁生日。当时我想，在他死后，这个双重纪念日可以减轻失去他的悲伤。七年后的 6 月 3 日午夜，卡罗琳死去，所以这个日子有着令人心碎的意义。

养狗的第一年，就在卡罗琳和我成为朋友之前，3 月的一个大风天，我带克莱门蒂娜去了城堡岛，在波士顿港的海滩上漫步。我们正走过一条长长的堤道，这时起风了，我发觉了她的犹豫。她抬头看看我，想知道该往哪儿走，然后继续前行。跟任何一条狗相处的第一年都是一根陡峭的关系曲线——你们都在探究对方是什么样的，以及你们在一起后会变成什么样子。那一刻我们四目相交，她开始带我向前走，我知道我们成了搭档，她也明白这一点，我说去哪儿她就会去哪儿。

接下来的十年里，她参与了我一生中最欢乐、灵魂最舒展的岁月，也见证了一些最伤心的时刻。她带着我和我最亲密的女性朋友一起走进树林。每天晚上，当我离开医院里奄奄一息的卡罗琳回到家时，她都在那里等着我。每次我回得州照顾年迈的父母，她都是最终迎接我的哨兵。我的父母都过世后，在得州的阳光下相依而葬。我飞回剑桥，当我走进前门，克莱门蒂娜咬了咬我的鼻子，如同放牧般的温柔一咬。然后她靠着我，好几天几乎不离我左右。

老狗可以显现出一种王者风范。它们的热情活力随着年月沉淀，化作成熟老到的贵族气息，它们的日常生活与你的牢牢锁定，仿佛最恬静、最温暖的婚姻。十一岁时，克莱门蒂娜开始掉毛，这种情况会发生在年长的雌性萨摩耶犬身上，于是她与自己早年白色的威严身姿相去甚远。她曾经堪称那个犬种的典范，现在看起来就像只绒毛兔子，皮毛凌乱、参差斑驳、破破烂烂。有时鲁莽轻率的路人会说："哟，你的狗怎么了？"更多是伸长脖子看热闹的好奇，而非出于真正的关心。为了惹恼他们，我会说："我觉得她看上去有点像凯瑟琳·赫本[1]，你不觉得吗？"她在我眼里一直都是老样子。最后几年，我们每天的散步变得越来越慢，越来越短。有时我们只能走到"弗吉尼亚·伍尔芙[2]长椅"那里，那是鲜水湖树林里的一张花岗岩椅子，它俯瞰着湖畔，上面有一句《奥兰多》里的话。克莱门蒂娜躺在长椅下面，我躺在上面，看着高耸的松树和

1　凯瑟琳·赫本（Katharine Hepburn，1907—2003），美国演员，曾四次获得奥斯卡最佳女主角奖，被美国电影学会评为"百年来最伟大的女演员"第一名。——编注

2　弗吉尼亚·伍尔芙（Virginia Woolf，1882—1941），英国作家、文学评论家，其代表作有《达洛维夫人》（*Mrs. Dalloway*）、《到灯塔去》（*To the Lighthouse*）、《奥兰多》（*Orlando*）等。——编注

头顶的天空。或者我在前院种花时，她会躺在我身旁，似乎满足于打量这个世界，而不是尝试掌控它。

2008 年春天，她开始咳嗽，支气管炎一直没有好转。我明白我们正处于上了年纪的狗必经的路途上，一连串的症状预示着终点将至。我无法想象她可能会在 6 月 3 日离开我。那晚我紧靠着她躺在地板上，伸出双臂抱住她说：“嘿，我们做到了，亲爱的，不是吗？”过了两晚，她的情况急转直下。我给她注射了足量的镇静剂来缓解她的痛苦。凌晨 1 点半走进安吉尔纪念医院时，我口干舌燥地意识到，我将带着她的牵引绳和项圈回家，而不是她。我有个好朋友是兽医，她从克莱门蒂娜小时候就认识她了。艾米坚持要我在夜半那一刻到来时打电话给她，她会在医院的停车场等着我，准备陪我穿越由安乐死和匿名医生构成的凄冷荒野。我们送走克莱门蒂娜的时候，她就躺在我们身边的地板上。我哭到不能自持，又怕让克莱门蒂娜不安，可她始终很平静，爪子搁在我的手臂上。“去找卡罗琳吧。”我对她说。她死的时候朝我伸出前腿，翻身躺进我怀里，我确信她会永远待在那里。

我不想把她留在医院。他们给尸体贴上标签，我们把她装进艾米的小货车里，过几个小时等兽医诊所开门了，就能把她送去火化。我们离开医院明亮宜人的灯光，在车里坐了很久，交谈中夹杂着哭泣。克莱门蒂娜的尸体躺在后面，莫名地令人安心。我凝视着再熟悉不过的周遭，它带着最初难以置信的悲伤变成了一个全新的世界。我回到我那静得可怕的屋子时已近凌晨5点，泪水无法诉说我的悲伤；我知道自己身处一条走廊，它通往某样比我大得多的东西，我必须承受，待在原地。我走进卧室，看见梳妆台上卡罗琳的照片，我隔着巨大的鸿沟望着她，说：“接住。”

〉〉〉

“卡罗死了，”艾米莉·狄金森在心爱的纽芬兰犬死后，给她的朋友兼导师写信，“现在你能指引我吗？”说我无法承受这最终的离别，是无用的评论，因为我承受了，我们都在承受。说我不相信我能做到，也许更为贴切。多年来，卡罗琳和我都在说无法想象失去露西尔和克莱门蒂娜。只有时间的巧合才有可能让我们一同经历她们的离去。

克莱门蒂娜在后院最喜欢的窝点位于一棵巨大的红豆杉下，那棵树长得枝繁叶茂，边上一株野蔷薇顺着它的树枝盘绕而上。春天时从二楼的门廊望出去，红豆杉仿佛开出了白色的花——荆棘、花朵和常青树的奇妙混合体。不管是小把戏还是神迹显现，我知道现在各处都有类似的幻景。也许这就是关键：拥抱生命的核心伤痛，而不是一头栽进去，或是以为它会定义你的生活。真正的诀窍是让生命在惯常的失误与遗憾中，始终比它的结局更神秘、更诱人。

在克莱门蒂娜小时候，卡罗琳和我刚刚建立起深厚的羁绊。一年夏天，我在鳕鱼角的特鲁罗树林里租了间屋子，打算住上几周。卡罗琳和露西尔第二天要去那儿跟我们碰面。我到的那天傍晚，空地上那栋大房子里的几个护工来找我，告诉我他们正在照看房子里的老妇人——她年近一百，身体每况愈下。他们说如果我听见车来车往不要惊慌，他们在二十四小时轮班看护她。

一小时后天色渐浓，我把车上的东西卸了下来，克莱米陪在我左右。有个护士来敲我的门。“C 夫人想知道你能否过去坐坐。”她羞怯地说，“她想见见那条大白狗。”克莱米是在一个坐轮椅的邻居身边长大的，所以我不担心她会失礼。我们走进那栋房子，她走到 C 夫人的轮椅旁，在她手边坐下。那妇人阴云密布的眼睛亮了起来，她微笑着用手捋了捋克莱门蒂娜的颈毛。“我喜欢大狗。”她以介绍的方式开场。她言语果决，自带权威，好似我们刚开始一场漫长的谈话，而她的意见举足轻重。不管身体别的部位多么虚弱，她所有的力量都集中在她的声音里。“小时候，我养过德国牧羊犬。”她对我说，她的声音由于回忆而温暖，“它们过去常在这儿的树林里跑来跑去，吓坏了所有人。”她笑着跟我讲述这个故事。有那么一瞬，我仿佛看到她变成了一个小姑娘，在上世纪中叶特鲁罗的旷野里无所畏惧，在牧羊犬的保护下自由奔跑。

我始终觉得，命运对这妇人的安排并不是最糟的，生理上的折磨压弯了她的身子，可她从未屈服，她的记忆和威严自若散发出的光芒令衰老相形见绌。一个女人仍然能够把一个几乎比她还重的动物召唤到自己身边，仍然能够快乐而坚定地说："我喜欢大狗。"我也喜欢大狗。

"心都碎了。"克莱门蒂娜死后，一个朋友对我说。我现在知道，我们永远无法从巨大的丧失中恢复，我们将它们吸收，而后它们将我们塑造成不同的生物，往往更为善良。有时我觉得正是痛苦催生了解决之道。

悲伤与记忆创造出它们自己的叙事：这是弗洛伊德、聂鲁达以及所有战争故事的核心闪耀的真理。死亡授权和引发了故事，出于同样的原因，古代部落常用鲜花陪伴死者下葬。我们说故事是为了唤回他们，为了捕捉雪上足迹。

卡罗琳死后，我列了一张清单，写上生命终结前我想要完成的事：写一本书，去巴黎，找到真爱，尽可能多养狗。哦，还有找到上帝，我跟一个朋友说，补充的这一点可能会彻底改变世界。清单不长，可上面的每件事似乎都很重要。我开始着手完成这些事，既有条不紊又不知不觉。我意识到人生的地图是由运气、环境和决心构成的。我总是跟卡罗琳说，如果失去克莱门蒂娜，我就打算去巴黎，恸哭半年，然后回家再养条小狗。

巴黎还在清单上。克莱米状况恶化的那个春天令人疲惫而又心碎。她走后，让我去国外旅行就像让我骑车去月球一样不合时宜。我在忧伤和焦虑的阴影中度过了整个夏天，不知道如何在没有她的世界里辨明方向。我感觉自己势单力薄。

我把人们送我的花放在红豆杉下她最爱的窝里，等它们枯萎了，我又往上面堆更多花，于是她躺过的地方就有了一张干花铺成的小床。我坐在门廊上跟她说话，就像卡罗琳走后我跟她说话，或者克莱米活着时我跟她说话一样。倾听回忆和寂静之声，令我发现自己并不那么渴望巴黎，至少当时如此。我想要的是房子里的气息，还有被人需要和由此而来的温暖。“这是**你的**爱，”多年前我想从一段糟糕的关系里抽身，老朋友皮特对我说，“你得留着它。”我的爱：珍贵而孤独的礼物。

一天下午，我跟一个边境牧羊犬的繁育者通了一小时电话，这个陌生人了解我的悲痛，随后几个月一直跟我保持联系，仅仅是出于好心。几年前那个寒冷的日子，彼得帮忙救了克莱门蒂娜，他知道我失去了什么，可他不善言辞。所以大多数时候，他和他那条年幼的比利时牧羊犬跑完步，就会打开我的后门喊一声:“狗！”她应声而入，在上午临时做我的牧羊犬。她早就将我视作她的同伴，也许她在克莱米离开之前就察知了她的死亡。我写作时，夏伊洛会在我身边躺上一小时，像个来访的护士一样专注和平静。

传统的纳瓦霍织工从前常在他们织的每张毯子上嵌入一条迥异的线，一种对比鲜明的颜色一直延伸到毯子边缘。你可以通过这刻意制造的瑕疵来识别一张正宗的毯子。这条线被称为精神线，意思是将困在毯子里的能量释放出来，为下一次创作做准备。

生命里每个值得留存的故事都得有一条精神线。你可以称之为希望、明天，或是叙述本身的“然后”。但若是没有它——没有那种未知的、我们无法控制的明亮而又嘈杂的现实——意识和与之相关的一切便会向内塌陷并爆裂。宇宙坚持凡是固定的，也是有限的。

夏末晴朗炎热的一天，我登上了飞机，不是去巴黎，而是去巴尔的摩。这趟旅程不如去卢浮宫那般诱人，却更加曲折。我在巴尔的摩机场租了辆车，从马里兰州开车穿过宾夕法尼亚州的乡村，去见一个萨摩耶犬的繁育者，十年前我见过他的狗。那地方有股质朴的南方气，到处都是小路和绵延起伏的青山，一半房屋上都装饰着谷仓之星。黎明时分我就起床了，独自一人，有点迷路，不知自己在宾夕法尼亚的荒郊野外究竟要干啥。而我本可以去意大利，或是蒙大拿，或是法国南部。我经过一处小小的公路路标，像街牌一样标注仔细，上面写着“梅森—迪克逊线”[1]。我的心也跟着怦怦直跳。

过了那个路标，在路的另一边，有一家看上去破破烂烂的酒铺，挂着紫色的霓虹灯招牌。我酗酒那些年经常旅行——酒精给了我巨大的勇气四处游走——无论到哪儿，我不得不做的第一件事，就是找到最

1　梅森—迪克逊线（Mason Dixon Line），美国宾夕法尼亚州和马里兰州的分界线。在美国内战之前，它曾被视为北方与南方、自由州与奴隶州的分界线。——译注

近的酒铺。我总是假装这是欲望使然，但感觉却像被判了刑。我开车经过宾夕法尼亚的这家酒铺时刚过中午，车子停满了半个停车场。我突然想起来必须那么做——找到那个存放我希望之瓶的地方——是种什么感觉。

可那闪烁着灯光的酒铺——**酒**——也让我想起多年前的另一件事，我差点笑出声来。我在得克萨斯长大，每当有人要去酒铺或下车去吸口烟，通俗的说法就是:“我得去见个人，聊聊狗的事。”现在我就是这样，经过漫漫长途和数十载光阴，清醒而痛苦，仍旧活着。我确实得去见个人，聊聊狗的事。她是 6 月出生的那窝小家伙里的一个，我还没见过她，却已经替她起好了名字：图拉，一个好听的古老的南方名字，我一直很喜欢。我查到了这个名字的起源，越发喜欢它了。图拉来自梵语，意为“平衡”，或是来自“tulayati”一词，意思是“提升”。

乌云在前方飘来飘去，我跨入葛底斯堡[1]。这地方如此神圣，充满记忆，让我将自己的生命投入了它所属的茫茫雾霭中。我把车开进军事公园，来到从前的战场，在墓地前长久停留致以敬意。然后我回到车里，继续前行。

1　葛底斯堡（Gettysburg），美国宾夕法尼亚州南部的一个镇。1863 年 7 月初，发生于葛底斯堡及其附近地区的战役是美国内战中的决定性战役，以南方军队失败告终，国家分裂之势得以扭转，但南北双方军队均损失惨重。1863 年 11 月 19 日，在葛底斯堡国家公墓的揭幕式上，当时的美国总统林肯发表了影响深远的演说，哀悼在葛底斯堡战役中阵亡的将士。后来葛底斯堡国家军事公园成为美国著名的历史地标。——编注

致谢

我的编辑凯特·梅迪纳（Kate Medina）从本书构思之初就理解它的设想，我的感谢包含在每一页当中。我那深色皮肤的姐妹路易丝·厄德里克（Louise Erdrich）是不可多得的作家，也是无比珍贵的挚友。我的经纪人莱恩·扎克利（Lane Zachary）一如既往地将热情与佛教徒般的冷静相结合。爱调侃的诗人安德烈亚·科恩（Andrea Cohen）始终让我牢记幽默的严肃性。

我讲述这个故事所需的持久的情感力量，来自各方的支持。马克·莫雷利（Mark Morelli），桑德拉·谢伊（Sandra Shea），丽贝卡·纳普（Rebecca Knapp）以及大卫·赫尔佐格（David Herzog），他们在故事内外都对我各有恩惠，各显善良，在此致以真挚的谢意和爱。

我家中的炉火由一群别处难觅的朋友照看：彼得和帕特·赖特（Peter and Pat Wright），凯西和里奥·德·纳塔莱（Kathy and Leo De Natale），埃弗里·赖默（Avery Rimer），里克·韦斯伯德（Rick Weissbourd），彼得·詹姆斯（Peter James），马乔里·盖奇埃尔（Marjorie Gatchell），伊丽莎·加尼翁（Eliza Gagnon），路易莎·威廉姆斯（Louisa Williams），以及“周六夜晚帮”。艾米·坎特（Amy Kantor）和贝丝·谢泼德（Beth Shepherd）从各方面照顾我。这份名单又长又满，我想卡罗琳一定会为此高兴。最后，将我的爱与感激献给迪克·蔡辛（Dick Chasin），他明白我的悲痛有多深，也了解我走过的历程。

图书在版编目（CIP）数据

我们，两个女人 / (美) 盖尔·考德威尔著 ; 许思悦译 . -- 北京 : 北京联合出版公司 , 2024.2
ISBN 978-7-5596-6338-2

Ⅰ . ①我… Ⅱ . ①盖… ②许… Ⅲ . ①纪实文学一美国一现代 Ⅳ . ① I712.55

中国版本图书馆 CIP 数据核字（2022）第 183604 号

我们，两个女人

作　　者　[美] 盖尔 · 考德威尔
译　　者　许思悦
策　　划　北京乐府文化传媒有限公司
责任编辑　龚将
责任印制　耿云龙
特约编辑　信宁宁
营销编辑　云子
装帧设计　崔晓晋
出　　版　北京联合出版公司
地　　址　北京市西城区德外大街 83 号楼 9 层
邮　　编　100088
发　　行　北京联合天畅文化传播公司
印　　刷　北京美图印务有限公司
经　　销　新华书店
版　　次　2024 年 2 月第 1 版
印　　次　2024 年 2 月第 1 次印刷
开　　本　787 毫米 ×1092 毫米　1/32
印　　张　9
字　　数　90 千字
I S B N　978-7-5596-6338-2
定　　价　39.80 元